新装版 積木の恋

凪良ゆう
Presented by Yuu Nagira

JN093727

目次

※本作品の内容はすべてフィクションです。

積木の恋

奥へと伸びる細長いカウンターだけのバー。一番端の席に目当ての男は座っていた。

一つ空けた席に腰を下ろすと、男がチラリとこちらを見た。

瞬間、息を呑《の》む気配が伝わり、五十嵐蓮《いがらしれん》はほくそ笑んだ。どんな灯《あか》りにも映えるミルクティー色の髪や、明るい茶色の虹彩《こうさい》。蓮の日本人離れした華やかな容姿は、すらりとしなやかな猫を思わせるスタイルと相まって、どこに行っても人目を引く。

しかし、それらを差し引いたとしても男の視線は無遠慮すぎた。石のように固まったままこちらを凝視し、自分が蓮を見つめていることにすら気づいていないようだ。

なにかと言いたげに首をかしげると、男はハッと我に返った。

ぎこちなく頭を下げ、今度はあからさまに目を逸らす。男の不自然な態度はこちらを意識しているのがミエミエだった。以前から男に狙《ねら》いを定め、必ずたらしこんでやると手ぐすね引いていた蓮にとって、これ以上幸先《さいさき》のいいスタートはない。

蓮は改めて隣の男——加賀谷聡《かがやさとし》を値踏みした。清潔感だけが取柄の無難な髪型。よくいえば知的、悪くいえば地味。生真面目そうな風貌《ふうぼう》は男としての魅力に乏しい。

しかし男が身に着けているスーツや、そこからこぼれて見える腕時計や靴が蓮を高揚させる。さりげないが極上なそれらの品は、三十二歳、たかが大学病院勤務の医者に手が届くものじゃない。脳外科で有名な加賀谷総合病院の長男だからこその余裕だ。

それに、このバーに顔を見せるくらいなのだからゲイなのだろう。

男専門の恋愛詐欺師である蓮にとって、加賀谷は最高のカモだった。

いくら搾り取れるか考えるだけで、期待で胸が高鳴ってしまう。親に捨てられ、養護施設を中学卒業と同時に飛び出してから六年。詐欺師として生計を立ててきた蓮に、今さら人を騙《だま》すことの罪悪感など欠片も湧《わ》かない。持っていてもしょうがない情はどんどん捨てる。それが自分のような人間が世を渡っていく秘訣《ひけつ》だとすら思っている。

——さて、どう料理してやろうかな。

しばらく様子を窺《うかが》ったが、向こうから話しかけてくる気配はない。しかし全身でこちらを意識しているのが分かる。まるで思春期の中学生のような反応だ。こういう男にあれこれ技巧を凝らしても仕方ない。直球勝負で行こうと決めた。

「よく一緒になるね」

話しかけると、加賀谷はピクッと肩を震わせ、恐る恐るこちらを振り向いた。自分が話しかけられたという自信がないのか、視線をうろうろとさまよわせる。

「あんただよ。先月もここで見かけた」

顎《あご》でクイと指し示す。どう見ても自分より年下の蓮のぞんざいな言葉遣いと態度に、加賀谷は気を悪くした風もない。それどころかホッとしたように頭を掻《か》く。

「すみません。僕はいつもぼんやりしているもので」

「確か、先々月もその席だったよね？」

「そうでしたか？　僕は覚えていません。記憶力がいいんですね」

加賀谷は感心したように呟《つぶや》いた。

「別に。ちょっと印象に残ってたから」

加賀谷は瞬《まばた》きをした。一体どう印象に残っていたのか、考えるようになにもない宙を見上げる。呆《あき》れるほど分かりやすい男のグラスに、蓮は自分のグラスをぶつけた。

「よろしく。俺のことは蓮でいいよ」

「あ、どうも、加賀谷聡です」

加賀谷が話し下手なのはすぐに分かった。内容はつまらないし、緊張しているのか話があっちこっちに飛び、収拾がつかなくなって頻繁に沈黙が挟まれる。そのたび焦って話の接ぎ穂を探す鈍くささに、蓮は笑顔を保ちつつイライラした。

「そういえば加賀谷さん、さっき俺のこと見て驚いた顔したよね。あれ、なんで？」

このままでは百年待っても口説き文句は聞けそうにない。蓮はカウンターに頬杖《ほおづえ》をつき、小首をかしげて生意気さと甘さが同居した目線を送った。

「俺、加賀谷さんのタイプだったりして？」

加賀谷はあからさまに顔を赤らめた。ここまで水を向けてやれば、あとはもうイエスと言えばいいだけだ。鈍くさい男のためにお膳立《ぜんだ》てはしてやった。さあ来いと、とびきりの作り笑顔を向けてやる。

しかし加賀谷は困ったように目を伏せた。

「そうですね。君はとても、その……きれいです」

蓮は呆れた。俯《うつむ》いて視線も合わさず言うものだから、全く褒められた気がしない。面倒《めんど》くせえなと内心で呟いた。純情すぎる男は騙しやすい反面、あとでややこしくなることも多い。しつこく追いかけ回されたり、ひどいときは刃傷沙汰《にんじょうざた》になったり。

――ま、そのときはそのときか。

それ以降、会話の主導権は蓮が握った。話しながら、相手への好意をさり気なく散りばめる。充分餌《えさ》はまいた。なのに、加賀谷はどうも乗ってこない。

最初から蓮を意識していたはずなのに、蓮がそういうムードを漂わせると後ずさるようなところがある。詐欺だと疑われているのかとヒヤリとしたが、まだ手も出していない段階でそれはない。恋愛経験が少ないだけか、警戒心が強いのか。

――これは意外と時間がかかるかな……。

今夜のうちに落とすのは無理と判断し、蓮は次回の約束をしてさっさと店を出た。じっくり攻めるときは、初回は素っ気ないくらいのほうがいい。しかしエレベーターで下まで降りたとき、階段からバタバタと誰かが降りてくる足音がした。加賀谷だった。

「すみません、やっぱり一緒に帰りませんか」

息を切らせている男に、そうこなくちゃなと内心で手を打った。

ホテルの部屋に入り、後ろ手でドアを閉めるなりきつく抱きしめられた。貪《むさぼ》るようなキスで唇を塞《ふさ》がれたまま、もつれあうようにベッドに押し倒される。

「……ちょ、ま、待った」

ついさっきまでの引け腰な印象を裏切り、加賀谷は積極的だった。手順はごくオーソドックスなものだったが、立て続けに何度も求められ、終わったあとはぐったりした。

さっさとシャワーを浴びて寝たいのに、加賀谷はいつまでも蓮を離さない。

額や頬にキスをしたり、髪を撫《な》でたり、まるで長い片思いの相手をやっと手に入れたような、愛《いと》しさの溢《あふ》れた目で蓮を見つめてくる。重いというか、うっとうしい。

もちろん金を巻き上げる予定なのだから、蓮に溺《おぼ》れてくれなくては困る。しかし落ち方が呆気《あっけ》なさすぎて、違和感すら覚える。最初の逃げ腰はどこへやらだ。

「……夢みたいだ」

優しく蓮の髪を梳《す》きながら、加賀谷が溜息《ためいき》まじりに呟いた。

「まさか、君とこんな風になれるなんて思ってもみなかった」

蓮は曖昧《あいまい》に首をかしげた。この男の言うことはよく分からない。初めて出会った夜に寝た。自分たちはまだそれだけの関係だ。夢を見る暇などどこにもありゃしない。

それとも、セックスした以上、そういう甘ったるい言葉を言わなくてはと思い込んでいるんだろうか。いずれにしても野暮《やぼ》ったい男だ。

「これからも、会ってくれますか」

熱っぽい目で問われ、蓮はいいよと口元だけで笑った。薄い唇がゆるい三日月を描き、冷たげな美貌をより引き立たせる。加賀谷がぼうっと目の色を霞《かす》ませる。

自分に見とれる男の顔は、どれも例外なく滑稽《こっけい》だ――。

笑みを保ったまま観察していると、額にキスをされた。今度は唇。最初はついばむ程度だったそれが徐々に深みを増してくる。身体全体を絡められ、足の間に割り込まれた。

「……んっ」

余韻でまだ濡《ぬ》れているそこに、力を取り戻したものがあてがわれる。

「ちょ、待……っ」

「駄目ですか?」

問いながらも、ぐっと先端が潜り込んでくる。内側はさきほど放出されたもので滑りがよく、男の動きを邪魔するものはなにもない。

そのままゆっくりと最奥《さいおう》まで挿《い》れられ、なし崩しにはじまった行為にクチュリと卑猥《ひわい》な音が立つ。心は冷め切っているのに、悦《よろこ》ぶような身体の音が耳障りだった。

――ああ、早く終わんねえかな……。

快感を上回って、白けた波がやってくる。いつものことだ。普段から高くないテンションが、行為の最中は地べたにまで落ちる。上流の家に生まれて、高級な服を身にまとって紳士ぶっていても、裸になればみんな一緒だ。鼻息を荒くして蓮の身体を貪る。

――人間なんてこんなモンだよな。

初めての夜、蓮が加賀谷に持った感想はそんなものだった。


加賀谷との逢瀬《おうせ》も三度目となった朝、目覚めは極上の肌触りと共にやってきた。泡立てたホイップクリームみたいで、ホテルのシーツは気持ちいい。

夢うつつのままくるくると素肌にシーツを巻きつけると、そばで誰かがひそやかに笑う気配がした、愛しげに前髪を梳かれ、仕方なく瞼《まぶた》を持ち上げる。

「おはようございます」

ぼやけた眼《め》が最初に映したのは、穏やかにほほえむ加賀谷の顔だった。

「……寝顔見んなって言ったろ」

起き抜けで、まだ声が上手《うま》く出せない。

「すみません。音がするかと思って」

「なんの？」

「睫《まつげ》がとても長いので、目が開く瞬間、もしかしたらと思いました」

ありえないことを嬉しそうに語る加賀谷は、すっかり蓮に夢中だ。睫にそっと口づけてくる。睫から頬《ほお》、頬から唇、キスはゆっくりと熱を帯びていく。

「ごめん、シャワー浴びたいから」

そっけなく言い、身を捩《よじ》って加賀谷の腕から逃れた。

「ああ、すみません」

照れる加賀谷をベッドに残し、蓮はとっととバスルームに向かった。

——日曜の朝っぱらから、デレッと鼻の下伸ばしやがって。

熱い湯を頭から浴びながら、舌打ちをした。

セックスなんてちっとも好きじゃない。気持ちいいのは射精の瞬間だけで、そこに至るまでのキスやら前戯やら、身体を好き勝手に弄《いじ》られることがうっとうしい。それを相手に気取られないように、さらに感じているフリまでしなくてはいけないのだ。

これならマスターベーションのほうが手っ取り早い。

とはいえ、セックスは恋愛の過程では省けない項目なので仕方ない。最初から金をせびれば疑われるし、本格的に搾り取るためにはそれなりの手順が必要だ。

念には念を入れて今日まで待ったが、そろそろ仕掛けてもいいだろう。

あのお坊ちゃまからは毎日かかさず電話が来るし、会えば会ったで、好きだなんだと芸のない口説き文句で蓮を退屈させる。けれど金は確かに持っているようで、連れて行かれる店もホテルも一流どころばかりだった。

あとはタイミングだけだと、蓮は気を取り直してバスルームから出た。

「今日は外でランチを食べませんか。いいところがあるんです」

身支度を整えながら加賀谷が言った。いつもはホテルのレストランなのに、わざわざ移動するなんて面倒くさい。しかし顔には出さず、いいねと機嫌よく答えた。

ホテルから出ると雨が降っていた。梅雨独特の湿気を含んだ重い空気は、加賀谷の運転する高級車の中にまでは入ってこない。いつでも快適な温度、乗り心地。

連れて行かれたのは、ひっそりした雰囲気のフレンチレストランだった。白と淡いミントグリーンのリネンに合わせて、白の生花が上品な華やかさをテーブルに添える。恋人同士の隠れ家のような、加賀谷のような冴《さ》えない男には似合わない店だ。

「君とこうなってから、今まで縁のなかった雑誌を読むようになりました。君の好みを考えながら、この店はどうだろうとページをめくるのはとても楽しいです」

テーブル同士に充分な余裕があるので、加賀谷は周りを気にせずに話す。

「へえ、嬉しいな」

蓮は適当に答えた。カトラリーの扱いに慣れている加賀谷と違い、崩れそうに繊細な盛りつけの前菜に手こずらされる。皿と格闘する蓮に、加賀谷は小声でささやいた。

「胃の中に入ってしまえばみな同じです。楽にやりましょう」

気遣われたことにムッとし、しかしすぐに白旗を揚げた。

「……ん、そうする」

肩の力を抜くと、やっと料理の味が分かった。

食事も終わりに近づいたころ、加賀谷は窓越しにレストランの中庭へ視線をやった。雨露を含んで重たげに頭を下げている紫陽花《あじさい》を満足そうに眺める。

「梅雨が明けたら、旅行でもしませんか。海でも山でも君の好きなところへ」

浮かれた、無防備な横顔だった。そろそろ仕掛けるかと、蓮は飲みかけのコーヒーカップを皿の上に戻した。そのまま黙り込んでいると、加賀谷がこちらを向く。

「どうしました？」

「……俺、しばらく会えないと思う」

ポツンとした言い方。加賀谷の顔から笑みが消えた。

「どういう意味でしょうか」

「意味なんてないよ。ただ、仕事が忙しくなるってだけで」

わざと視線を合わせないでいると、加賀谷が声の調子を固くした。

「……以前から思っていたのですが、君は自分のことをあまり話しませんね。君は仕事と言いましたが、僕は君の仕事がなんなのかすら教えてもらっていない」

「別に。普通の仕事だけど」

そっぽを向くと、深い溜息が聞こえた。

「僕とのことは、遊びでしょうか」

「なんでそういう話になるんだよ」

「では、本当のことを言ってください」

顔を戻すと、真剣な加賀谷の目とぶつかった。蓮のことが好きで、好きで、どうしようもない、溺れる寸前の男の顔だ。

「俺、中卒なんだよね」

「は?」

加賀谷は一瞬マヌケ面をした。

「俺、中学しか卒業してないから」

そのまま言葉を濁していると、加賀谷は首をかしげた。

「あの……すみません。君の言いたいことが、僕にはよく分かりません。中卒だから、それがどうして僕と会わない理由になるんでしょうか」

遠慮がちな問いに、蓮は苛立たしげに髪をかき回した。もちろん演出だ。

「だからさ、あんたは医者だろ」

「それがなにか?」

ますます混乱し、加賀谷は眉間《みけん》を狭める。

「俺だって、最初は隠すつもりじゃなかったよ。けどあんたが医者だって知って、言い出しにくくなったんだ。俺、中学卒業してからずっと工場で働いてるんだよ。別に悪くない仕事だけど、お医者サマとは世界が違うとか、色々考えたりするだろう」

沈黙が流れ、やりきれない溜息が聞こえた。

「僕は、そんなくだらない理由で振られようとしているんですか」

「誰も振るなんて言ってないだろ」

「でも君はしばらく、もしくはずっと、僕に会わないつもりだったんでしょう?」

「だからそれは……」

言い淀《よど》むフリをしたあと、蓮は意を決したように加賀谷を正面から見据えた。

「借金があるんだ」

「……借金?」

加賀谷は目を瞠《みは》った。ここが一つ目にして最大の山場だ。しくじるなよと自らに言い聞かせ、蓮は椅子に深くもたれた。気まずそうに加賀谷から顔を背ける。

「うち、母子家庭なんだよ。母さんは女手一つで俺のこと育ててくれてさ、だから今度は俺が楽させてやろうって、中学出てすぐに工場で働き出したんだ」

悲壮ぶらないように淡々と、蓮は架空の身の上話を披露した。

「でもすぐに母さんが病気して、サラ金から治療費借りたんだ。サラ金なんてと思うだろうけど、あんときはとにかく必死だったし、他に貸してくれるとこもなかったし」

あとはお決まりのコース。利子ばかり膨らんで、返しても返しても借金は減らない。だから工場が終わったあとや日曜も働くことに決めたのだと話を締めくくった。

「こんなことを聞いて申し訳ありませんが、お母さんは今……？」

「死んだ」

素っ気ない返事に加賀谷は絶句した。お坊ちゃまらしい素直な衝撃のまま、俯いて黙り込む。しばらくなにかを考えたあと、沈痛な面持ちを上げた。

「僕に援助させてください」

予想通り引き出したその言葉に、蓮は心の中で拍手喝采《かっさい》した。加賀谷にはお涙ちょうだい系が効くと思っていたが、ドンピシャだった。しかしまだまだ。

「俺の問題だし、あんたには関係ないよ」

加賀谷は悲しそうな顔をした。

「関係は……あるじゃないですか。僕たちは恋人同士でしょう」

「だから余計に嫌なんだ」

蓮は加賀谷をにらみつけた。ここが駆け引きのしどころだ。昔は要領が分からず、前振り段階でがっついて、はした金で誤魔化《ごまか》されたこともあった。そんな間抜けな失敗はもうしない。ギリギリまで焦《じ》らしてたっぷり搾り取ってやる。蓮は目に力を込めた。

「これは俺の事情だから、あんたに迷惑かけたくない。好きな人に同情されたくないし、金とか入れるとややこしくなるし。好きは好き、それだけでいいじゃん」

生真面目な、わざと子どもっぽい口調で告げた。唇を真一文字に結び、キッと加賀谷をにらみつける。けれどすぐに気弱く目を伏せることで心弱さを演出した。

「ごめん。でも気持ちは嬉しいと思ってるから」

健気《けなげ》を装って笑いかけると、また沈黙が横たわった。

「……君は、今まで僕の周りにいた人たちとは全く違います」

加賀谷がぽつんと呟いた。

「加賀谷総合病院を知っていますか？」

やっときたか。自分は一介の大学病院勤務の医者じゃない。金持ちの息子なのだ。だから遠慮しなくてもいいとかなんとか言うんだろう。

作戦が順調に進んでいることの喜びと、それ以上の軽蔑《けいべつ》。それら全てを隠して顔を上げると、悲しそうな加賀谷と目が合った。心の中で首をかしげる。完全に凪《な》いだ午後の海みたいな鈍調さ。これから華やかな出自を明かそうという人間の顔じゃない。

「知ってるよ。大きな病院だし、脳関係で有名なところだろ」

「僕の実家です」

蓮は目を見開いた。今初めて知ったというように。

「そ、そうなんだ。すごいな。やっぱ俺とは全然――」

後ずさるような蓮の態度に、加賀谷は首を横に振った。

「僕の家や僕自身も、君が距離を感じるような大層なものではありません。父は妻と愛人を平気で同席させるような男ですし、母は母で息抜きに外に情人を囲っています」

どうということもない口調がやたらリアルで、蓮は鼻白んだ。

「そんな家でも、女性には魅力的に映るんでしょうか。僕に好意を示してくれる女性たちは僕を素通りで、僕の背景にばかり目を輝かせます」

答えようがないので黙っていると、加賀谷は自分からオチをつけた。

「とは言え、僕の男としての努力不足が最大の原因なんでしょうね。僕自身、女性に愛情を持てるタイプの男ではないので、これはこれでいいのかもしれません」

加賀谷は自嘲《じちょう》的に笑い、窓の外に視線を逃がす。

しっとりと濡れそぼった庭を眺める横顔を、蓮は苛々《いらいら》しながら見つめた。

なぜそんな面倒くさい考え方をするんだろう。世の中は、金さえあればハッピーに生きられるようにできている。だから加賀谷も、金も含めて自分の魅力だと開き直ればいい。

加賀谷の言っていることは、贅沢《ぜいたく》者のただの愚痴だ。

白けた目で見つめていると、ふっと加賀谷が顔を戻した。

「すみません。話が逸《そ》れました」

加賀谷は軽く頭を下げた。それから姿勢を正し、きちんと蓮と向かい合った。

「君の言い分は分かりました。でも、どうか一人で頑張らないでください。僕で力になれることがあれば遠慮せず、いつでも頼ってくれて構いませんから」

声音からは誠実な愛情が滲《にじ》み出していた。

「うん……。ありがとう」

蓮が嬉しそうに俯くと、加賀谷は身を乗り出してきた。

「君には辛い打ち明け話だったでしょうが、僕は知ることができてよかった。君を深く知ることができたし、君という人をますます好きになりました」

「……ん、俺もだよ」

蓮は顔を上げた。

「いざってとき、一人じゃないって思えるのは嬉しいもんだね」

照れ笑いを浮かべると、加賀谷はいっそう愛しげに目を細める。

穴の空いたチーズみたいに無防備な男に、蓮は中身のない笑みを投げかけた。

「ごめん。バイト遅れるからもう行かないと。また電話するから、じゃあな」

急いでいるフリで、蓮は携帯の通話ボタンを切った。直前、あっと焦った加賀谷の声が聞こえた。今頃、切れた携帯を手に溜息でもついているのだろう。

いつでも頼ってほしいという言葉を忘れたように、仕事の忙しさを理由に、蓮はもう一ヶ月も加賀谷と会っていない。フォローの電話もあまりせず、たまに話すときは声に疲れを滲ませる。そのたびちゃんと食べているのか、睡眠は足りているのかと加賀谷はしつこく尋ねてくる。そして最後にこうつけ加える——君に会いたい。

でも、まだ当分会うつもりはない。

加賀谷がもっと余裕を失くして、正しい判断ができなくなるまで焦らすのだ。

携帯電話をテーブルに置き、蓮はベッドに寝転がった。バイトに遅刻しそうなんてもちろん嘘《うそ》だ。汗水垂らして働く詐欺師がどこの世界にいるもんか。雑誌を読みながらゴロゴロしていると、壁一枚隔てた隣から子どもの泣き声が聞こえてきた。

「ビービー泣いてんじゃねえよ。おい、うるせえから外に出しちまえ」

若い男のだみ声が響き、泣いている子どもを叱《しか》りつける女の声がした。荷物を引きずるような音がして、玄関の扉が開き、バタンと閉まる音。

「ごめんなさい、ごめんなさい」

途端、幼い泣き声が辺りに響き渡る。目障りだからと蹴飛《けと》ばされたゴミが徐々に隅のほうに吹き溜《だ》まる。蓮が暮らす六畳一間の安アパートはそんな場所だ。

ごめんなさい、入れてくださいと泣き続ける悲痛な声がうっとうしい。

「……るせえな」

雑誌を床に投げだした。目を閉じても、汗ばんだ子どもの声は余計に耳について、蓮の一番古い記憶にじっとりと張りついてくる。それは男にだらしない女の声だ。

――外で遊んできな。しばらく帰ってくるんじゃないよ。

男を引っ張り込んでいる最中に家に帰ると、しっしっと犬猫にするように手で追い払う。蓮の母親はそんな女だった。父親は誰なのか分からない。蓮が九歳のときに、母親は蓮を捨てて男と逃げた。大嫌いだったのに、涙が止まらなかったことを覚えている。

引き取ってくれた親戚《しんせき》の家でも、温かな家族の輪には入れてもらえなかった。少し離れた場所で、蓮はいつも膝《ひざ》を抱えていた。じっと見ていると、「しんきくさい子ね」と目の前で襖《ふすま》をピシャリと閉められた。襖一枚隔てた場所から聞こえてくる笑い声。

そのとき、蓮は理解した。

一人ぼっちよりも、誰かがいるほうが寂しいのだと。

持て余された蓮が、最後に放り込まれたのは養護施設だった。そこには、蓮とよく似た子どもたちがたくさんいた。『恵まれない子ども』という名前でひとくくりにされた同類たちと、わざとらしいほど明るい職員たち。殴られないし、食事もちゃんと与えられる。それでも、蓮はあの場所が嫌いだった。もう二度と戻りたくない。

中学卒業と同時に施設を出て、小さな自動車修理工場に勤めた。仕事は楽しかった。なのに長続きしなかった。社長の娘が蓮を好きになってしまい、心配した社長が勤務態度が悪いなどと様々な難癖をつけて蓮をクビにしたのだ。学歴もない施設育ちの男は、従業員としては雇えても、娘の彼氏にはしたくなかったらしい。

そのあと勤めたカラオケボックスもレストランも、長続きしなかった。元々対人スキルが低いこともあったが、普通なら『そういうやつだ』で流されるところ、蓮の場合は『やっぱり中卒だから』、『やっぱり施設育ちだから』、というハンデがついて回った。何度目かのクビを言い渡されたとき、真面目に働く気はすっかり失せていた。

どれだけ思い返してみても、蓮は自分の過去に一銭の価値も見出《みいだ》せない。だから生まれた町も、それまでの知人も、名前すら、ためらわずに捨てた。

小野寺透《おのでらとおる》——それが蓮の本名だ。蓮をその名で呼ぶ人間はもう誰もいない。今の自分は詐欺師の五十嵐蓮、一生それでいいと思う。誰も自分のことを知らない気楽さがいい。なのに時々、そのことが無性に寂しくなることがある。そんなとき、ふと思う。

——弱い自分も、ゴミみたいに捨てられたらいいのに。

ふんと鼻を鳴らし、蓮は身体を起こした。外からはまだ子どもの泣き声が聞こえる。滅入《めい》るばかりの気分を立て直そうと、ベッドの下に手を入れ、預金通帳を取り出した。もう一度寝転がり、窓から差すオレンジの光に翳《かざ》すように通帳を開く。

数字のあとに並ぶゼロを数えるのが蓮の至福のときだ。

ゴミみたいに蓮を捨てた母親——貧しいというだけの理由で干からび、些細《ささい》な刺激でひび割れ、ぽろぽろと剝落《はくらく》していく愛情。曖昧で、あやふやで、得体の知れないそれらと違って、金は蓮を裏切らない。

知恵をつけて、身体を張って集めてきた金を、蓮は無駄遣いせずに貯《た》めてきた。もっと貯まったら、この金で家を買うのだ。中古でいいし、田舎でいいし、小さくてもいいから庭つきの一戸建てがいい。そこで犬と一緒に暮らす。それが昔からの夢だ。

幼いころから、蓮には自分の居場所も、おかえりと優しく出迎えてくれる家族もなかった。当たり前にみんなに与えられているささやかな幸福を、蓮はもらえなかった。

一方、もらいすぎて余っている加賀谷のような人間もいる。きっと蓮がもらうはずだった分まで独り占めにしているのだ。そんなやつらから金を巻き上げることに、罪悪感など湧くはずがない。横取りされたものを返してもらう、そんな気持ちのほうが強かった。

自分の帰る場所さえ手に入れば、まっとうに働ける。

詐欺師なんて仕事からも足を洗って人生をやり直せる。そんな気がする。人間のパートナーはいらない。人間は裏切る。嘘をつく。いないほうがマシな存在だ。

どんな犬を飼おうか、蓮は想像した。ペットショップに売られている犬はやめよう。どこかから引き取り手のない子犬をもらおう。茶、黒、白、ブチ。どんなのでもいい、かわいがる。考えているうちに、つらつらと眠気が襲ってきた。

通帳をアイマスク代わりに、蓮は目を閉じた。

起きると部屋の中は真っ暗だった。電気を点《つ》け、時計を見るともう夜の九時。少しのつもりが結構寝てしまった。腹が減っていて、飯でも食いに行こうと蓮はジャケットをひっかけ玄関を出た。一歩踏み出して、ドキリと立ちすくむ。薄暗い電灯の下、隣の部屋のドアの前で、三角座りの膝に顔をうつ伏せている子どもがいた。

蓮に気づいているだろうに、子どもはピクリとも動かない。西日の差す夕刻からずっと外に放り出されたまま、優しさも食事も与えてもらえず、動く気力がないのだ。

心の底に、じわじわと嫌な染みが広がっていく。

打たれれば打たれっぱなし、弱い子どもはまるで昔の自分のようで、見ていると胸がムカムカする。

蓮は財布を出して、中から千円札を一枚取り出した。身を屈《かが》め、子どもの折り畳まれた痩《や》せた身体の隙間《すきま》にすべり落とす。

「メシ、食え」

子どもが顔を上げる前に背を向けた。変に関わり合いになりたくない。それとも、昔の自分とそっくりな子どもと目を合わせることが怖いのだろうか。

ああ、嫌だ、嫌だ、嫌だ。惨《みじ》めだった昔など忘れたい。

自分はもう無力な子どもじゃない。

なのに過去はほんの少しの隙を突いて、蓮の心に影を落とす。

逃げるように夜道を急いだ。そのうち息が切れ、立ち止まって夜空を仰ぎ見る。どこも欠けたところのない満ち足りた今夜の月は、そのまま加賀谷を連想させた。

見つめているうち、すうっと頭が冷えていく。そうだ。恵んでやった金は、恵まれすぎているやつらから取り戻そう。それが世の道理というものだ。

——俺はなにも悪くない。


焦らしに焦らした四度目の逢瀬は、とにかく会いたいと言い募る加賀谷に蓮が渋々根負けする、という形で実現した。しかし蓮は日曜日ではなく、慌ただしい平日の夜を指定した。いただくものさえいただけたら、さっさと逃げられるようにだ。

「俺もゆっくり会いたいけど、その日しかバイト休めないんだよ」

申し訳なさそうに言うと、電話の向こうで加賀谷はなにかを考えているように沈黙した。そして、やたらと敷居の高いことで有名な料亭を食事場所に指定してきた。

約束の時間に遅れたのは、立派すぎる門構えに気後れしたからだ。しかし加賀谷の名を出すと、すぐに愛想のいい女将《おかみ》が挨拶《あいさつ》にやって来た。ホッとしたのも束《つか》の間、本館から隔離された完全個室の離れに案内される。やられたと内心で舌打ちした。

入ってすぐに控えの間、次に食事をする部屋、問題はその次だ。今は襖に閉ざされている部屋の使用目的を考えるとうんざりする。

ムッツリスケベめと腹の中で罵《ののし》りつつ、先に来ていた加賀谷と向かい合った。仄《ほの》かな灯りに満たされた室内で、久しぶりに会った加賀谷は少しやつれて見える。

「久しぶりですね。身体のほうは大丈夫ですか？　無理をしていませんか？」

自分の顔色の悪さを棚に上げて、蓮を気遣う男は滑稽だった。

「俺は大丈夫。あんたのほうこそ」

チラリと上目遣いで見ると、加賀谷は曖昧に笑っただけだった。

ほどなく控えの間から、はじめてもよろしいでしょうかと声がかかる。蓮は並べられた彩りも細工も凝った八寸に目を瞠った。フレンチやイタリアンに連れていってくれる男はいたが、これほど本格的な料亭は初めてだ。ガラにもなくワクワクして口に入れた。

「ん、うまい」

思わず笑みがこぼれた。視線を上げると嬉しそうな加賀谷と目が合い、バツが悪くなった。子どもをあやすような目で見られて恥ずかしい。

食事が終盤に差しかかるにつれ、加賀谷が黙り込みがちになった。そろそろだろうと見当をつけていたので、蓮は気づかないフリをした。加賀谷はスーツの内ポケットに手を入れ茶色の封筒を取り出す。それをテーブルの上に置き、蓮のほうに押し進めてきた。

「なに、これ？」

聞かなくても分かっているが、蓮は空《す》っとぼけてみせた。

「君がこういうことを嫌うのは承知しています。でも受け取ってください」

「……もしかして、金？」

不愉快さを滲ませると、加賀谷は今しがたまでの落ち着きをかなぐり捨てた。

「お願いします。この一ヶ月、僕は君に会いたくて会いたくて仕方がなかった。それ以上に心配だった。昼も夜も働いて、もしかしてこの瞬間にも君が倒れてるんじゃないか、考えても仕方のないことを考えて、仕事もろくに手につかなかった」

憮然《ぶぜん》と黙り込む蓮に向かって、加賀谷一人が勢い込んで話し続ける。

「お金で解決がつくことなら、僕がなんとでもします。だからもう無茶《むちゃ》なアルバイトは辞めてください。お願いします」

加賀谷は膳につくほど頭を下げた。

「や、止《や》めてくれよ。頭上げろ」

「じゃあ、それを受け取ってください」

頑固な口調だった。そのまましばらく時間が過ぎる。

「……分かったよ。受け取る。だから早く顔上げてくれ」

やけくそを装い、蓮はまんまと金の入った封筒を手に入れた。理想的な成り行きに内心でほくそ笑みながら、素早くパンツの尻《しり》ポケットに封筒をねじ込む。

最後にもう一芝居と、安堵《あんど》の表情を浮かべている加賀谷から目を逸らし、ありがとうと小さく呟いた。心苦しさを前面に押し出すと、加賀谷は聞こえないフリで話題を変えた。

「ああ、これはとても夏らしいですね」

金魚鉢がモチーフなのか、錦玉の中に食紅で染められた餡《あん》の金魚が泳ぐ和菓子に、加賀谷は感心したようにほほえみかける。恩着せがましいことはなにも言わない。

けれどそれは、既にお膳立てを整えてある余裕だと蓮は思った。

自分の背後、襖で閉ざされた部屋がなによりの証拠だ。今まで騙した男たちは、失った金を取り戻そうとするように蓮の身体にドロドロと執着した。

どれだけ紳士ぶっていても加賀谷も同じだ。奪われたら奪い返す、人間なんてそんなもんだ。けれど、金を巻き上げるたびに男と寝ていたら娼婦《しょうふ》と変わらない。餌はあくまで最初だけ。そのあとは与えない。奪って、返さないから詐欺師なのだ。

菓子を口に運びながら、蓮は切り出した。

「けど俺、明日も朝早いからあんまり時間ないんだ。疲れも溜まってるし」

「分かっています。食事が終わったら車の手配をするように伝えてありますから」

「え、でもこの部屋――」

思わず背後の襖を振り返ってしまい、しまったと心の中で舌打ちした。逃げようとしているのに、あまりにあっさりとした引き際に、思わず自分から水を向けてしまった。加賀谷は訝《いぶか》しげに首をかしげ、しかしすぐに合点がいったように頭を掻いた。

「どうも……誤解をさせてしまったようです。久しぶりに君と会うのだから、誰にも気を遣わずゆっくり過ごしたいと思いまして。この部屋はただそれだけの理由です」

「……それだけ？」

蓮は混乱した。会えば必ず身体を重ねた自分たちなのに、金をくれた今晩に限り、加賀谷は蓮を抱かないと言う。面倒《めんどう》な駆け引きもなく、ほしいものが手に入る。願ってもない結果なのに、そこに至る相手の心理が分からない。なにか裏があるんじゃないかと落ち着かなくなる。

戸惑う蓮をどう受け取ったのか、加賀谷は困り顔で言い添えた。

「これは勝手な僕の自己満足です。君がどうとか、そういうことではないので、気に病まないで下さい」

「よく分かんねえ。ハッキリ言ってくれよ」

曖昧な物言いに苛々する。見つめると、加賀谷は目を伏せた。言おうかどうしようか迷う素振りを見せたあと、けれど観念したように呟いた。

「僕は、君が好きなんです。だから、なんというか、お金を渡した夜に君とそういうことになるのは、なんだか援助交際のようで……」

モゴモゴと呟く加賀谷を、蓮は呆然《ぼうぜん》と見つめた。それはどういう理屈だろう。面白いほど思い通りに動くくせに、加賀谷は思いもよらぬポイントで蓮をつまずかせる。

散々焦らされて、喉《のど》から手が出るほど蓮を抱きたいくせに、どうしてそんな一銭の得にもならない意地を張るんだろう。さっぱり分からない。

「失礼します。お車が到着しました」

控えの間から仲居が声をかけた。加賀谷は助かったとばかりに、じゃあ行きましょうかと腰を浮かせた。もらうものはもらったので、蓮のほうも長居したい理由はない。

「もしかして、気を悪くしましたか？」

部屋を出るとき、加賀谷が小さく問いかけてきた。

「別に……。そんなんじゃないけど」

全て首尾よく行ったはずなのに、言葉にしようのない違和感がある。詐欺をしかけている側からすれば、ゲーム盤の駒《こま》の動きは全て把握しておきたいものだ。

「なんか、俺ばっかりよくしてもらって悪いなって。なにも返せないのに」

さりげなく牽制《けんせい》すると、加賀谷は口元だけで笑った。

「君は本当に潔癖な人ですね。心がきれいなんだ」

浮かない顔の蓮に、加賀谷はさらに美しい誤解を重ねている。視線を絡めると、触れるだけのキスをされた。今夜加賀谷が蓮に触れたのは、短すぎるその一瞬だけだった。

「車、駅まででいいよ。まだ電車動いてるから」

「分かりました」

頼んだ通り、駅の近くで蓮は運転手が開けてくれるドアから降りた。

「久しぶりに君と会えて、とても楽しかった。今夜はゆっくり休んでください」

「ありがとう。おやすみ」

窓越しに簡単な挨拶をしたあと、加賀谷を乗せたハイヤーは夜の街に消えていった。金をもらったその夜に、これほどあっさりと解放されたのは初めてだった。

「好きだから、抱きません……か」

雑踏の中でぼんやり呟いた。加賀谷が頻繁に口にする『好き』という言葉。曖昧で形のない感情。そんなものは、生きていくために必要な衣食住とはなんの関わりもない。そのときの状況や時間によって、コロコロ形を変えるもの。それが恋や愛だ。

そんな信用のならないものより、金のほうが遥《はる》かにリアルだと思う。世の中の大概のものと交換できるし、預金通帳を見ていると心が満たされる。

たとえば今夜、あのボロアパートが火事で焼けたとしても、蓮に頼る身内が一人もいなくても、金さえあればホテルに泊まれる。屋根のあるところで眠れる。充分な食事ができる。寒くない服を買える。安全と安心を買える。逆に愛ではなに一つ買えない。

蓮はパンツのポケットから封筒を取り出した。

指を突っ込んで数えると三十万円入っていた。初回としてはこんなもんだろう。二つ折りにした封筒を胸ポケットにしまい、蓮は無表情に駅の階段を昇った。


それから二ヶ月足らずの間に、蓮は加賀谷から四百万を巻き上げた。

蓮から要求したわけではない。蓮はただぼやいただけだ。加賀谷にお願いされた通りバイトを辞めたが、工場の給料だけでは利子を返すだけで精一杯だと。

その翌週、これで完済してほしいと加賀谷が金を用意してきた。

笑いが止まらなかった。金持ちで、家柄もよくて、穏やかで品もある。なのにあの男は頭が悪い。自動金払い機のようにホイホイと金を出し、代償にベッドを仄めかすこともなく、いつも紳士的に帰っていく。添えられる言葉はいつも同じだ。

——君が好きです。どうか身体にだけは気をつけて。


吹く風も秋めいてきた十月のはじめ、もらった地図を片手に、蓮は長くきつい坂道を上がっていく。見上げる坂の果てに、加賀谷の住むこげ茶色のマンションが見える。

距離を目測しただけでうんざりし、蓮は後悔の舌打ちをした。

来月に学会を控えた加賀谷が、発表する予定の論文に苦戦しているとこぼしたのは先週のことだ。そのとき初めて、蓮は加賀谷が臨床医ではなく、大学の研究室勤務だということを知った。白血病の研究をしていると聞いていたが、興味も関心もないのでよく覚えていない。それより、そんな時期にデートなんかしていていいのかと尋ねた。

「よくありません。でも、疲れれば疲れるほど君に会いたくなるんです」

力なく笑う加賀谷の目の下にはうっすら隈《くま》ができていて、仕方ないので蓮のほうから加賀谷の家に出向くことにした。リズムよく金を巻き上げている最中、間が空くのはよくない。相手になにかを考える隙を与えてはいけないのだ。

しかし、こんな急坂の上に住んでるなんて思わなかった。なんとか坂を上がりきったときには、蓮は汗だくになっていた。

「いらっしゃい。待っていました。ここはすぐに分かりましたか」

笑顔で出迎えてくれた加賀谷に、蓮は大仰な溜息を返した。

「マンションは分かったけど、この凄《すご》い坂のことは聞いてなかった。それに目つきの悪い管理人ににらまれてムカついた」

広々とした玄関で、靴を脱ぎながらぼやいた。マンションのエントランスに設置されたホテルのようなフロント。管理人というよりコンシェルジュと呼びたくなるような壮年の男が、加賀谷の部屋のナンバーを押している蓮をさり気なく監視していた。

「彼はいつも、誰に対してもそうなんです」

加賀谷はそういえばと思い出し笑いを浮かべた。

「以前に母が一度だけ訪ねて来たときも、君と同じようなことを言って怒っていました。あれは彼の自然なスタイルというか、職務熱心の表れではないでしょうか」

「ゲストを不快にさせるスタイル、ね」

蓮は内心で呆れた。感じの悪い管理人にではなく、基本的に誰にでも善意で接する加賀谷に対してだ。自分とは、人生のスタンスからしてもう違う。

どうでもいいことを話しつつ、案内されたリビングダイニングはすごい有様だった。男の一人暮らしには広すぎる面積のいたるところに本や物が散乱し、その上には埃《ほこり》が積もり、煮詰まったコーヒーの香りが充満している。

「すみません。君が来る前に掃除をしておこうと思ったんですが……」

子どものような言い訳をしながら、加賀谷はダイニングテーブルの上を占領している本を上へ上へと積み上げていく。それを力技で端へ寄せようとし、案の定、不安定に揺れていた本の山は崩れて床に落下した。舞い上がる埃に蓮は咳《せ》き込んだ。

「もういいから、これ以上散らかす前に仕事に戻れよ」

「……すみません」

加賀谷は叱られた子どものようにしょんぼりと肩を落とした。とぼとぼとリビングを出て行こうとして、途中で思い出したように振り向く。

「あの、無理せずに適当に休んでいてくださいい。食事を作っていただけるという話でしたが、そんなものは出前を取ればいいだけの話ですから」

加賀谷の部屋に出向くと申し出た際に、蓮は『ついでに飯でも作ってやるよ』という余計な一言を添えてしまったのだ。順調すぎる仕事の中で、ちょっとしたサービスのつもりだったのに、まさか掃除まで自動的に追加されるとは思わなかった。

「じゃあ最悪そうさせてもらうよ。ほら、行った行った」

名残惜しげな加賀谷を部屋から追い出したあと、蓮はぐるりと室内を見回した。

とりあえず買ってきた食材を冷蔵庫にしまったあと、リビングの窓を開けて空気を入れ替えた。さすがに高台にあるだけあって、ベランダからは市内が一望できる。涼やかな秋風をはらんで舞い上がる白いカーテンに、蓮は少しの間見とれてしまった。

どこかで、これと同じような風景を見たことがある。

ああ、そうだ。あれは確か小学生のころだった。やりたくもないグループ学習のために訪ねたクラスメイトの家のカーテンが、やはりこんな風に真っ白だった。

ソファのある広いリビングに、風に揺れる真っ白のカーテン。優しそうな母親が笑顔で子どもたちにジュースを配り、グラスの中で氷がカラリと回る。

その音はとても美しく、同時に蓮を惨めにさせた。自分の汚れたシャツや靴下が急に恥ずかしく感じて、自分もこんな家の子どもに生まれていたらと悲しくなった。

——世の中って、とことん不平等だよな……。

蓮ははためくカーテンからスイと目を逸らした。それから気分を切り替えるように、そこかしこに溢れる医学書をひとまとめにしていった。

タイトルを見てもチンプンカンプンで、中には日本語ですらない本もある。うるさい掃除機は使わずにフローリングワイパーで埃を拭《ぬぐ》い、シンクに溜まっている汚れ物を洗う。自分の部屋も滅多《めった》に掃除をしないのに、この手間賃はあとで必ず回収してやると決めた。

大雑把に掃除を終わらせたあと、アイスコーヒーを淹《い》れた。大ぶりのグラスを選び、たっぷりと氷を詰める。コーヒーを注ぐと溶けた氷が回り、記憶にある通りの軽やかな音を響かせた。ふんと鼻を鳴らし、蓮はグラスの載った盆を手に書斎をノックした。

「コーヒー入れたから、少し休んだら？」

すぐ横で声をかけたのに無視された。爆撃されたように散らかった室内で、加賀谷は本に埋もれている。左右の視界を塞がれた競走馬みたいに、一心不乱に書き物にのめりこんで、こちらに気づく様子はない。ムッとする前に、すごい集中力だと感心した。

それは夕方になっても変わらなかった。食事ができたと声をかけても、加賀谷は無反応で、せっかく作ってやったのにと、さすがにこれには腹が立った。

グリーンサラダに生ハム、これに茹《ゆ》でたパスタをぶちこんで、市販の和風ドレッシングをかければサラダパスタのでき上がり。料理とも呼べないそれらにラップをかけて、蓮は冷蔵庫から缶ビールを取り出した。ベランダに出て一口飲む。

夕刻のサーモンピンクと迫り来る夜のブルーがせめぎあう、一日のうちで一番きれいな空を眺めながら、アルコールの心地いいだるさが全身に回っていく。窓際に置かれているソファに寝転ぶと、視界を空に占領された。

——あー……、なんかすげえ気持ちいい。

とろとろと瞼が重くなっていく。少しだけと目を瞑《つむ》る。次に目が覚めたのは、ふわりとタオルケットをかけられる気配にだった。

「すみません、起こしてしまいましたか」

「……ごめん、寝ちまってた」

「いいえ。僕のほうこそお待たせしました」

唇を寄せてくる加賀谷の肩越しに、夜の十時を指している壁時計が見えた。

まさかこんな時間まで仕事をしていたんだろうか。見た目と違い、なんてタフな脳みそだろう。ぼんやりとキスを受ける蓮の耳に、ぐうぅっと情けない音が響いた。

「……すみません。僕です」

唇を離し、加賀谷が恥ずかしそうに白状した。

「今からでも、メシ食う?」

加賀谷は嬉しそうにうなずいた。しかし時間が経《た》ったパスタなど、食べられたものではなかった。フォークを入れるとひとまとめに持ち上がる物体を、蓮はドレッシングで強引に引き剥《は》がしてなんとか盛りつけた。

「うん、とてもおいしいです」

「無理すんな」

ぶすっと答えると、加賀谷はもっと嬉しそうに笑った。

「なに笑ってんだよ」

「こういう料理を、僕は初めて食べたので」

さすがにムッとした。

「そりゃ悪かったな。けど声をかけたときにあんたがちゃんと食べてたら、ここまでひどい代物にはならなかったと思うよ」

「ああ、いえ、違います。僕が言葉足らずでした。僕の母親は昔から料理をしないんです。実家には調理師免許を持ったお手伝いさんがいたので、出てくる料理はいつもプロの味でしたが、僕はひそかに家庭の味というものに憧《あこが》れていたんです」

加賀谷は干からびたパスタを楽しそうにフォークですくい上げる。

これのどこが家庭料理なんだとツッコんでやりたかったが、止めた。蓮だって家庭の味など知らない。天と地ほどに違う環境に生まれた自分たちなのに、加賀谷はおかしなところが自分に似ていると思った。

「で、仕事、進んだの？」

加賀谷は曖昧に笑って誤魔化した。進まなかったようだ。

「あんた、なんの研究してるんだっけ」

「骨髄造血微小環境に関してです。あ、白血病の腫瘍《しゅよう》環境のことなんですが」

聞くんじゃなかったと後悔した。

「ふうん。けど白血病ってなんか移植とかしたらケロッと治るんだろ？」

興味なさげに問う蓮に、加賀谷は困った顔をした。

「ケロッと治ったりはしませんよ。患者はいつも大変な苦痛と闘っています。それに患者の数に対して、ドナーの数はいつも不足している。順番を待つ間、少しでも病気の進行を遅らせたい。できれば根治できないだろうかと、それが僕の研究です」

加賀谷はフォークを皿に置いた。

「世間では無敵のように言われるガン細胞ですが、あれも単独で無条件に増殖してゆくわけではありません。増殖するためには適切な環境が必要で、逆に言うと、その環境を破壊すれば腫瘍細胞は死んでしまうんです」

「……へー……」

「そこで着目するべき成分が――ああ、これが分かりやすいでしょう」

加賀谷は立ち上がり、床に積んである本の中から一冊を選び取った。どうぞと見せられたページには、細胞同士の関係性が、加賀谷にとっては『分かりやすい』表として載っている。蓮には全く分からない。

「これは細胞外マトリックスの成分の一つで、マトリックスの形成や細胞増殖、細胞遊走に重要な役目を果たしています。最近の研究では細胞の侵襲能やガン化にも影響を——」

訳の分からない説明を、加賀谷はいきいきとしはじめた。適当な相槌《あいづち》を打ちながら、蓮は死ぬほど退屈した。頬杖で壁時計をチラリと見ると、加賀谷があっと呟いた。

「すみません。つまらないですね、こんな話」

「うん、悪いけど、かなり」

正直にうなずくと、加賀谷は苦笑いで頭を掻いた。

「どうも、僕は昔からこんな風で……」

「こんな風って？」

「人づき合いが下手で、話も下手で、友人と遊ぶより、部屋にこもって本を読んでいるほうが好きな子どもでした」

「想像通りの子ども時代だ」

加賀谷は小さく笑い、話を続けた。不健康な子どもだった加賀谷を、加賀谷の両親は叱らなかった。それどころか、将来優秀な医者になって病院を継ぐためには外で遊んでいる時間などないと、塾を増やす始末だったらしい。

「特に不満はありませんでした。三代続く医者の家に生まれて、将来は自分も医者になるのだろうと、僕自身ぼんやりと思っていましたので……」

けれど医師免許をとり、インターンとして現場に出て、加賀谷はつまずいた。患者と向き合うたび、疲れる。病院内の入り組んだ人間関係に、疲れる。臨床医としては致命的なほど人との関わりが不得手な自分に、加賀谷はようやく気がついた。

「病院を辞めて、逃げるように大学の研究室に戻りました。勿論《もちろん》、両親からは猛反対を受けました。加賀谷総合病院の跡継ぎが、大学のしがない研究室勤務など恥さらしにもほどがあると。副院長のポストを用意するからうちに戻ってこいと――」

それからも、なにがなんでも大学を辞めさせようとする親から逃げて、加賀谷はドイツの研究室に渡った。最初はうるさかった両親だったが、二年を過ぎた辺りから少しずつ連絡が間遠になっていった。加賀谷と同じく医者となった弟が、脳外科医としてメキメキと頭角を顕《あらわ》しはじめたのだ。実家の病院は弟が継ぐことに決まり、加賀谷が日本に帰国しても、両親はもう加賀谷に以前ほどの期待を寄せなかった。

「優秀な弟がいて、本当に助かりました」

寂しそうに笑う加賀谷は、実は全然助かってなどいなさそうだった。

「あんた、本当は研究、嫌いなの？」

白けた気分のまま、蓮はテーブルに頬杖で聞いてみた。

「親から逃げるための方便に、研究ってのを使っただけなの？」

「いいえ、好きです。性にも合っていますし」

「ならブツブツ言うなよ。あんたは好きな仕事を選んだんだ。あんたにやりたいことがあるように、親だって子どもには色々期待することもあんだろ。それ裏切ってやりたいようにやってんだから、少々冷や飯食わされんのも仕方ねえよ。勝手なのはお互いさまなんだからさ、どっちもどっち、あいこで手打ちだよ」

面倒くさげにまとめると、加賀谷はポカンと小さく口を開けた。

「ま、俺みたいなバカに言われたくないだろうけど」

「……いえ、君の言葉はとても明快です」

「はあ？」

眉根《まゆね》を寄せる蓮に構わず、加賀谷は何度もうなずいた。

「そうですね。本当に君の言う通りだ。僕は親に背いて、毎日好きなことをしているんです。だったら都合の悪い事実も受け入れるべきでした。今の話は忘れてください」

生真面目に頭を下げ、加賀谷は置きっぱなしだったフォークを手にとり、干からびたパスタを食べ出した。あいこで手打ちかと、蓮の言葉を復唱して一人で笑っている。

そんな加賀谷を、蓮は白けた思いで見つめた。

大学の研究室勤務なんて大した給料ももらえないだろうに、それでも加賀谷はこんな高級マンションに住める。金の苦労とは無縁のまま、ノンキに気楽に生きていける。単に生まれたときに当たりくじを引いたという、それだけの理由で。

それでも満足できず、親に対してガキみたいな不平を持っていた。

甘ったれたお坊ちゃん気質の男を、蓮は心の底から馬鹿《ばか》にした。

なのに馬鹿にするそばから、羨《うらや》ましい気持ちが湧き上がる。

汚いものや醜いもの。見なくていいものを見ないまま生きていける、宝石みたいにピカピカ光る人生が羨ましい。そう思う自分自身に腹が立った。

「金持ちの悩みって、ホント優雅だよな」

皮肉めいた呟きに、加賀谷はハッと蓮を見た。

「すみません」

「なんであんたが謝るんだよ」

加賀谷は気まずそうに目を伏せた。貧しい母子家庭で育ち、中学を出てすぐ働き出したという、虚実半々の蓮の身の上話を思い出しているに違いない。

つられるように、蓮も過去を思い出した。蓮はもともと頭がよかった。家庭環境のせいでろくに予習復習ができなくても、授業を聞いているだけでそこそこの成績が取れていた。

だから時々考える。もしも普通の家庭に生まれて、普通に大学へ進学できていれば、自分にはもう少し日当たりのいい人生があったんじゃないかと。仮定の話に意味はないけれど、それでも、たまにそう思わずにはいられない。

まずい夕飯を黙々と平らげ、蓮はフォークを置いた。すると、待ち構えていたかのように「あの」と声をかけられた。視線だけを上げると、先に食べ終えていた加賀谷がテーブルの上で手を組み、物言いたげに蓮を見つめていた。

「まだなんか愚痴があんの？」

投げやりな気分のまま聞いた。

「君さえよければ、もう一度勉強をし直してみてはどうでしょう」

「…………は？」

クソ真面目な顔をしている加賀谷に向かって、蓮は小首をかしげた。

「定時制の高校や通信制や、やる気さえあれば、今からでも学べる場所はたくさんあります。一つクリアすればその先も開ける。大学受験をしてもいいし、専門学校に入ってもいい。もちろん学費は僕が援助しますから」

「……あんた、なに言ってんの？」

思わず素で突っ込んだ。

「なにがですか？」

それはこっちが聞きたいと、蓮は苛々と髪をかき回した。蓮を学校に通わせて、なにが加賀谷の得になるんだろうか。加賀谷の考えていることは理解不能だ。

以前もそうだった。金を渡した夜にそういうことをしたくない——とかなんとか、加賀谷はたまに理解しがたいことを言う。自分が損をしていることに気づかないまま、さらなる馬鹿を見るタイプだと思っていたが、今夜はよりパワーアップしている。

蓮から話を振らずとも、加賀谷は自ら進んで金を失おうとする。損をしたがる。こんな男は今までいなかった。

罠《わな》を仕掛けているのは自分なのに、思い通りに金も騙し取れているのに、加賀谷という駒は時々蓮には読み切れない動きをする。それが不愉快だ。

考えても分からないもどかしさが、蓮の苛立ちを少しずつ膨らませていく。早く納得できる答えを出したいと、蓮は落ち着かなげに髪をかき回した。

「今さら学校って……なんていうか、やっぱアレ？　なんだかんだ言っても、俺が中卒でろくな仕事してないのが嫌とか、そういうこと言いたいの？」

加賀谷は心外だと言いたげに眉をひそめた。

「違います。僕が言いたいのは、学歴が職業選択の幅を狭めてしまうのはやむを得ない事実だということで、でもそんなどうとでもなる事情で、もしも君が、君の好きな職業に就けないでいるのならと——」

蓮はポカンとした。ますます分からない。蓮にとって仕事とは、こちらが選ぶものではなく、向こうから選ばれるものだった。空欄の多い履歴書は突き返されることのほうが多く、嫌気がさした結果、今は履歴書など必要のない詐欺師をやっている――。

「俺がどんな仕事してようが、それを好きか嫌いか、あんたには関係ないだろう」

「でも、僕たちはつき合っているんですから」

つき合ってても他人だ。他人がなにをしようが、蓮にはどうでもいいことだ。構わないから、向こうも自分に構わないでほしい。加賀谷のお節介は、蓮が無意識に持っている劣等感をチクチク刺激する。聞けば聞くほど苛々して、思わず声を荒げた。

「ゴチャゴチャうっせえな。人にはそれぞれ事情ってのがあんだよ。俺だって好きで中卒やってんじゃねえし、けど学歴なんてなくても、俺は一人でやってける。今までだってずっとそうしてきたんだ。いらねえって言ってるのに善意の押し売りしてくんなよ」

一気にまくしたて、蓮は大きく呼吸をした。さすがに怒るかと思ったが、加賀谷は傷ついたような、なんとも言えない表情で蓮を見つめてくるだけだ。

どうしてこんなに苛々するんだろう。いつもみたいに『ほざいとけ、バーカ』と心の中で舌を出しておけばすむ話なのに、やたらと腹が立って感情が爆発した。

今まで騙した誰よりも、加賀谷にはペースを崩される。

訳の分からない話をされて、うかうかしていると、自分が人より『持ってない』ことを自覚させられる。悔しくて、惨めで、泣きたい気分を思い出させられる。

「……自分が底辺なんてこと、俺が一番よく知ってんだよ」

　そうだ。自分は社会の最下層で生きるゴミ同然の人間だ。自覚している。けれど自分で自覚している事実も、他人に指摘されるとムカつくのだ。好きで底辺をやっている人間がいるもんか。かたくなに俯いていると、加賀谷は静かに頭を下げた。

「申し訳ありません。僕に配慮が足りませんでした」

「……別にもういいよ」

　蓮は不機嫌なまま立ち上がった。痛いところを突かれて、逆上した自分をさらしたことが恥ずかしい。それを相手に気遣われ、詫《わ》びられたことがもっと恥ずかしい。どういう態度をとっていいのか分からなくて、ぶすっと汚れた皿を積み重ねた。

「洗いものしたら、もう帰るから」

　そう言って、皿を手に台所に行った。腕まくりをしていると、加賀谷が台所に入ってきた。振り向く前に、背後から無言で蓮を抱きしめてくる。

「な、なにすんだよ」

　身を捩ってもしっかりと抱きしめられて逃げられない。

「僕は人づきあいが上手くない。よかれと思ってやることで、無神経に君を傷つけたりする。でも君を知るたびに好きになるんです。どうしていいか分からない」

　蓮の側頭部に顔を埋《うず》め、加賀谷は何度も髪にキスをしてくる。

「君は強い人だと、話をするたびに思い知らされます。でも同じくらい弱い。こんなことを言ったらまた怒られるかもしれない。でも君はもっと、人に甘えることを覚えるべきです。甘えて我儘《わがまま》を言うべきです。僕は、その相手に僕を選んでほしいと思っている」

言葉を重ねるたび、蓮を抱きしめる腕が力強さを増していく。

どうやら、また上手い具合に加賀谷を誤解させてしまったらしい。なのに、予期せぬラッキーに手を打てない。甘やかすような口づけが恥ずかしくて、じわじわと耳まで熱くなる。その耳にすら口づけられて、蓮は弾《はじ》かれたように顔を背けた。

「君が、とても好きです」

加賀谷は噛《か》みしめるように呟いた。

騙されているとも知らないで、加賀谷は馬鹿だ。

馬鹿すぎて――騙しにくい。

十月最後の日曜日、一日ごとに冷たさを増す空気が街路樹を秋色に染めてゆく。美しい景色を堪能《たんのう》する余裕もなく、蓮は高台に建つマンションへの急坂をスーパーの袋片手に登って行く。登りながら毎日後悔する。こんなはずじゃなかったのにと。

学会を控えて忙しい加賀谷に、掃除をして食事を作ってやったのは一ヶ月前。最初で最後の特別サービスのつもりだったのに、加賀谷は意外な提案をしてきた。

「学会が終わるまで、僕の家でハウスキーピングのアルバイトをしませんか」

「ハウスキーピング？」

怪訝《けげん》な蓮に、加賀谷はうなずいた。

「これから学会まではラストスパートに入ります。君に会える時間も作れないほど慌ただしくなると思います。仕方ないことですが、僕には耐えられません」

「耐えられないって、子どもじゃないんだから……」

「もちろん、昼間働いている君に無理をさせるつもりはありません。君に余裕があり、気の向いた夜だけで結構です。お仕事なので、バイト料もちゃんと支払います」

そう言い、加賀谷はマンションのスペアキーを差し出してきた。

面倒くさい――それが正直な気持ちだった。

けれどそうも言えず、とりあえず一旦受け取っておいて、あとは適当に逃げを打てばいいと思っていた。いや、今も思っている。なのになぜ自分は、こんな罰ゲームみたいな坂道を、毎日ヒイヒイ言いながら登っているんだろう。納得のいく説明ができない自分に苛々する。そうしてますます調子が狂うという負の連鎖状態だった。

マンションに着くと、フロントのミスター・コンシェルジュが今日も上品に蓮へ監視の目を向けてくる。無視して通り過ぎようとしたとき、声をかけられた。

「加賀谷様のスーツをお預かりしております。いかがいたしましょう」

俺に言うなと怒鳴りたい気持ちをぐっとこらえ、蓮はフロントに引き返した。

結局、右手を食材が詰まったスーパーの袋、左手をクリーニングずみのスーツ二式に占領された決まらない姿で加賀谷の部屋に辿《たど》り着いた。

合鍵《あいかぎ》を使って中に入っても、家にいるはずの加賀谷は出てこない。リビングへ行く途中に通過する書斎からも、物音一つ聞こえてこない。でも、いるのだ。

仕事中の加賀谷は、近くで爆発が起きても気がつかないくらいに集中している。頭の中は研究でいっぱいで、なのにハウスキーピングという方便で蓮をそばに置こうとする。穏やかで優しい反面、ワガママで甘ったれたところがお坊ちゃんくさいと思う。

まずは窓を全て開け放し、部屋の空気を入れ替えた。

適当に掃除をして、適当に食事を作る。最後に、蓮は気づかないことを承知で書斎にアイスコーヒーを持って行く。そして案の定無視される。分かっていたくせに、ベタベタに蓮に惚れている普段の態度とのギャップに腹が立った。

「クソッたれ」

小さく罵ってドアを閉めた。ムシャクシャした気分で窓際のソファに寝転がる。とりあえず学会が終わるまでは大人しくしていてやるが、そこからは逆さに振っても鼻血も出ないほど搾り取ってやろうと決めた。今度はどんな手を使おうか。

楽しい想像を膨らませていると、書斎の扉が開く音がした。トイレだろうと思っていたのに、足音がこちらに近づいてくる。リビングのドアが開き、加賀谷が顔を出す。仕事をしている最中にこっちに顔を出すなんて珍しい。

なんだろうと身構えていると、加賀谷はつかつかとこちらにやって来て、ソファ際に屈みこんだ。そして、ソファに転がったままの蓮の額にキスを落してきた。

「…………？」

固まっている蓮にほほえみかけ、加賀谷はまた書斎に戻っていった。

なにが起きたのかよく分からない。乾いた温かい唇の感触が残る額に、蓮はそっと手を当てた。トイレじゃないし、本を探しに来たのでもない。じゃあなにしに来たのだ。まさか自分にキスするため、それだけのために出てきたんだろうか。

――まさか、あの仕事の虫に限って。

起き上がり、蓮はソワソワと身体を揺らした。

いつもこうだ。加賀谷が訳の分からないおかしな行動を取るたびに、蓮は落ち着かない気分になる。その疑問を解明しようと考え、ユサユサと身体を揺らし続ける。そしてふと我に返る。我に返らなくてはいけないほど一心に、加賀谷のことを考えていることに気づき、呆れる。一体自分はなにをしてるんだろう。分からない。

でも、自分の奥深いところが、これ以上考えるなと警告している。

蓮はリビングの掃き出し窓を全開にし、再びソファに寝転んだ。心が揺れたときは、預金通帳を眺めるのがくせだ。現在それは結構な金額にまで膨らんで、不安定に荒れる蓮の心を静めてくれる。けれど、通帳は今ここにない。

代わりに蓮は想像を広げた。貯めた金で、いつか手に入れる夢の家。

雑木林の中に立つ一軒家。小さな庭と雑種の犬。誰にも追い出されたりしない、自分だけの場所。

そこで真面目に働く自分の姿を想像すると、少しずつ心が凪いできた。

太陽が沈みかかると、空気はますます秋めいてくる。

夕映え色に染まったカーテンがふわりと風に舞い上がって、遠くから微《かす》かに子どもの笑い声が聞こえた。この部屋には穏やかな時間が流れている。西日しか当たらない、怒声や泣き声がひしめき合う、自分の古いアパートとは悲しくなるほど違う。

それはそのまま、加賀谷と自分の差につながっていく。

だからどうだというわけではないけれど——。

九時過ぎ、やつれた様子の加賀谷がリビングに戻ってきた。

「今夜の献立はなんですか？」

蓮は眺めていた画集をパタンと閉じて、ソファから下りながら答える。

「肉じゃが——の煮崩れたやつ」

加賀谷は幸せそうな笑みを浮かべた。遅い夕飯のあと、加賀谷はもう書斎にはこもらなかった。二人分のコーヒーを淹れ、ソファに座る蓮の隣に腰を下ろしてくる。

「サボってねえで、仕事してこいよ」

加賀谷がそばにいると調子が狂う。追い出しにかかると加賀谷は笑った。

「クソッたれと言われて反省しました」

「あれは……っ」

パッと顔が熱くなる。子どもっぽい文句をどう誤魔化そうかと歯嚙みする中、ふと思いついたことを、蓮は深く考えもせずに口にした。

「反省して、キスしたのかよ」

言ってから後悔した。これでは拗《す》ねているように聞こえそうだ。

「違います。クソッたれと怒った君がとてもかわいらしくて、キスしたいと単純に思ったんです」

加賀谷がほほえむ。蓮はなぜか加賀谷の顔をまともに見られずに俯いた。加賀谷と向かい合うと、ときどき自分が不本意な形に作り変えられてしまうようで嫌だ。

「――ですか」

「え、なに？」

聞き逃して、慌てて顔を上げた。

「魁夷《かいい》が好きですか？」

加賀谷はテーブルに置きっぱなしにしていた東山《ひがしやま》魁夷の画集を手に取った。

「別に、好きっていうか……」

漫画や週刊誌が一切ない、医学書ばかりの加賀谷の本棚の中で、蓮にも見られるものがそれしかなかっただけだ。学のなさを見透かされたようで恥ずかしくなる。

「暇つぶしに見てただけだよ。俺、絵の価値とか分かんねえし、でもきれいだなって」

モゴモゴと歯切れの悪い蓮に、加賀谷は穏やかな笑みを返した。

「僕もそうですよ。絵については素人同然で、難しいことは分からない。でも魁夷の使う青は深みがあって好きです。そうですね、特にこれが――」

パラパラとページをめくり、加賀谷が指さしたのは、蓮もいいなと目に留めていたものだった。濃紺に塗り込められた夜の川べりに、白い小馬がポツンと一頭佇《たたず》んでいる。空には子馬と同じ色の、発光するような細い三日月。寂しげなのに優しい絵だった。

「俺も！　俺もこれがいいと思った」

インテリの加賀谷と同じ絵を選んだという事実に、蓮は思わず意気込んでしまった。

「気に入ったのなら、祖父の家から拝借してきましょうか」

意味が分からず、蓮は首をかしげた。

「祖父が年季の入った魁夷のコレクターなんです。僕と祖父の共通の趣味といったらそれだけでして、自分が死んだら魁夷は僕に譲るというのが祖父の口癖でした」

「死んだのか？」

「それが、とても元気なんです」

加賀谷は残念そうに首を振る。

少しの沈黙を挟み、蓮はプッと噴き出した。加賀谷でも冗談を言うのだ。

それからはソファに並んで座り、二人で分厚い画集をめくった。素人同然だと言ったくせに、加賀谷は一枚ずつ絵について詳しく説明をしてくれる。押しつけがましくなく、分かりやすい。素直に耳をかたむけているうちに最後のページが来てしまった。

「ああ、もうこんな時間ですね。家まで送りましょう」

画集をぱたんと閉じ、加賀谷が時計を見る。

「いいよ。電車もまだ動いてるし」

車のキーを取ろうとした手を止めると、加賀谷は口をへの字に曲げた。

「君は、本当に甘えてくれませんね」

残念そうな加賀谷に肩をすくめて見せ、蓮は高台のマンションをあとにした。眼下に街の灯りが揺らめく坂道を一人で下ってゆく。これからも、加賀谷に家まで送ってもらうことは決してない。金を巻き上げている相手に、自分の根城を教える詐欺師はいない。

「……あいつ、バカだよな」

ぽつんと呟き、蓮は背後のマンションを振り仰いだ。わずかに首をかしげる。加賀谷の部屋のベランダに人影が見える。立ち止まっている蓮に気づいたのか、温かな部屋の灯りを背負い、加賀谷の細長いシルエットが手を振ってくる。

蓮は呆然と立ち尽くした。加賀谷はいつもあんな風に、自分を見送ってくれていたんだろうか。自分はいつも、加賀谷に見送られながらこの坂を下っていたんだろうか。

止めてほしいと思った。なぜそう思うのか、突き詰めるのは怖かった。

まだ手を降っている影に背を向け、蓮は全速力で坂を駆け下りた。

持っていても役に立たない情は捨てる。それが自分のような人間が世間を渡っていく術《すべ》だ。胸が苦しいのは坂を駆け下りているせいだ。形も持たない曖昧なものを息苦しく感じるなんてあってはならない。信じていいものは金だけだ。

それ以外のものを認めたら、自分を支えているなにかが折れてしまう気がした。

平日の夜、学会に向けて研究発表の追い込みに入っている加賀谷の帰りは遅い。掃除も食事作りも終わると、蓮にはもうなにもやることがない。だったら帰ればいいのだが、なんとなくゴロゴロして加賀谷の帰りを待つ夜が多くなった。

一人の時間のほとんどを、蓮は窓際のソファに寝転んで過ごした。魁夷の画集はどれだけ眺めても飽きなかったし、時々は、風に煽《あお》られたカーテンが優しく蓮の頭を撫でてくれる。テレビはつけなかった。意味もなく笑い声を垂れ流すあの箱は嫌いだ。

それよりも、この部屋を満たす穏やかな空気が好きだった。

この部屋には、蓮が生まれて初めて感じる心地いい静けさがある。

自分が好きなのは、加賀谷ではなく、この部屋だ。

加賀谷はこの部屋のオマケ。金だけが取り柄の冴えない間抜けな男。

そうに決まっている。そうでないと困る。

そのうちインターホンが鳴る。おかえりと出迎えると、加賀谷はなんとも言えない嬉しそうな顔をする。加賀谷はシャワーを浴び、蓮は食事を温めなおす。食事が終わると加賀谷は書斎にこもり、蓮はまたソファでゴロゴロする。そのうち寝てしまう。

「こんなところで眠ったら、風邪をひきますよ」

加賀谷が声をかけてくる。けれど蓮は眠っているフリをしているだけだ。廊下越し、書斎のドアが開く音と、リビングにやってくる足音で目が覚めている。

「もういい。めんどくさい……」

ぐずっていると、薄目の向こうで加賀谷が困ったように笑う。それを見るたび、不思議な気持ちになる。もう顔もうっすらとしか覚えていない母親を思い出す。

――いい子にしてた？　ちゃんと宿題したの？

細い声。化粧や香水に混じった酒の匂《にお》い。母親はホステスをして生計を立てていた。帰ってくるのはいつも夜中で、たまに機嫌がいいときは寝ている蓮を起こし、滅多に見せない笑顔で蓮をぎゅっと抱きしめてきたりした。眠いけど、嬉しかった。

夢うつつ。記憶の中をさまよいながらふと思う。自分は本当はまだ子どもで、大人になった夢を見ているだけなんじゃないか。

曖昧な感覚の中でふわりと身体が浮いて、寝室に運ばれる。遠い記憶と違って化粧や酒の匂いはしない。代わりに、雨降りあとの森みたいな香りがする。

「おやすみなさい」

低い声と額へのキスは、忘れかけていた懐かしさと安心感を連れてくる。そして今度こそ深い眠りへ落ちていく。こんな他愛《たわい》ない夜が、これほど心地いいものだと蓮は知らなかった。ずっと、このぬくぬくとした夢の中でまどろんでいたくなる。

でも、朝になれば夢は覚める。

工場で働いていると嘘をついている蓮は、加賀谷よりも早くこの家を出なければいけない。行ってらっしゃい、気をつけて。どれだけ優しく送り出されても、追い出されたような気分になる。嘘の辻《つじ》褄《つま》を合わせるのが、少しずつ億劫《おっくう》になってくる。

けれどその朝は、蓮よりも加賀谷の出勤のほうが早かった。九州《きゅうしゅう》で開かれる学会には、朝早い新幹線でなければ間に合わない。

「ほら、荷物」

玄関で靴を履く加賀谷に、蓮は二泊分の荷物の入ったボストンバッグを手渡した。受け取ったあと、加賀谷は玄関に立ったままじっと蓮を見つめた。

「なに、忘れモン？」

「僕と一緒に暮らしませんか？」

唐突すぎて、ポカンとした。

「……なんだよ、急に」

「毎晩、坂を見上げると部屋に灯りがついている。玄関を開けると、君がおかえりと出迎えてくれる。夜中に目が覚めると、隣で君が寝息を立てている。なんてことないことが僕にはとても嬉しくて、これを本当の生活にしたくなりました」

それがくせの、淡々とした加賀谷の口調。蓮は目眩《めまい》をこらえた。

「返事は学会の終わる三日後で結構です。それと、この提案に対して君がどういう答えを出しても、僕の君への気持ちは変わりません。それだけは胸に留めておいてください」

触れるだけのキスを残し、加賀谷は家を出て行った。

しばらくの間、蓮は玄関に突っ立ったまま動けずにいた。

――あいつは馬鹿だ。馬鹿だ。馬鹿だ。

グルグル回る頭の中で、擦り切れるほど繰り返した。すでに四百万以上巻き上げられているくせに、チラッとも蓮を疑わず、なにがノンキに同棲《どうせい》だ。

あの男は自分の立場というものを分かっていない。息子をドイツに逃亡させるまで追い詰めた親だ。

いくら優秀な弟が家も病院も継ぐと言っても、長男が男の恋人と同棲するのを傍観するはずがない。そもそも身よりもない中卒の男と、大病院の息子とが釣り合うはずがないのだ。あの浮世離れした男は、そういう現実を見もしない。

蓮は足音も荒く寝室に向かい、服を着替えた。

ボタンをはめるという日常的な動作をしていると、少しずつ興奮が収まってくる。我に返って、先走った自分を恥ずかしく思った。親に反対されるとか世間的な釣り合いなどを心配する前に、加賀谷と暮らすことなど考えるまでもなく却下だ。

自分たちは、詐欺師とカモなのだ。

現実を思い出した途端、スーッと胸が冷え、ゆっくりと残りのボタンをはめた。混乱することなど一つもない。加賀谷はただの金蔓《かねづる》で、金さえ搾り取れればあとは用無しの男だ。

これは仕事で、仕事は冷静にやらなきゃいけない。

居心地のいい部屋を出て、蓮は坂道を下りた。ゴミゴミした小さな駅で電車を降り、見慣れた古いアパートに着く。壁に雨染みがしみ込んだ建物が朝日に照らされている。

そう、こっちが現実だ。

坂の上に建つ、静かな高級マンションなど一時の夢だ。

あんなものは、自分の人生には縁がない。

ポケットに手を突っ込んだまま、蓮はボロいアパートを見上げた。

そういえば、加賀谷が学会から帰ってくる三日後はちょうど蓮の誕生日だ。あんな面倒くさい男とはこれきり手を切ってもいいから、思い切り高いものをねだってやろう。

アパートの階段を登ると、奥の部屋の前に紺色の制服を着た男が立っていた。警察官だと分かり、ドキッとした。警察官の後ろにかくれるように、裸足《はだし》の女が立っている。

「ロクデナシ、今すぐ出て行けっ！」

女が怒鳴った。続けざま、扉の開いた部屋の中へと罵り言葉を喚《わめ》き散らす。途中で若い男が飛び出してきて、女につかみかかろうとした。

「待った待った、旦那《だんな》さん、落ち着いて。冷静に話しましょう、ね」

「うるせえ、夫婦喧嘩《げんか》に警察が出てくんじゃねえよ」

「誰が夫婦よ。あんたなんかただの稼ぎのないヒモじゃない！」

朝っぱらから結構な騒ぎだ。知らんぷりで通り過ぎようとする中、廊下の壁に所在なげにもたれ、ぼうっと宙を見上げているガリガリの子どもに気づいた。

暗い洞窟《どうくつ》のようなその瞳《ひとみ》に、ゾクッと身体の芯《しん》まで冷たくなる。慌てて目を逸らし、蓮は自室の扉に鍵を差し込んだ。急いで扉を閉めても、喚き声は筒抜けだった。

「甲斐性《かいしょう》なしの浮気男、あんたなんか死んじまえ！」

うんざりしながら靴を脱ぎ、ふと他人の視線で自室を眺めた。カーテンを引かれたまま、朝なのに薄暗い散らかった部屋が映る。なんだか急に疲れに襲われた。

蓮はのろのろと、服のままベッドに潜り込んだ。指一本動かすことも億劫で、生きる支えの預金通帳を見る気にもならない。頭からすっぽり布団にくるまれて目を閉じる。これが現実だ。何度も言い聞かせて、自分を納得させようとした。

ここには、加賀谷の部屋を満たす穏やかで優しい粒子が欠片もない。

三日後、蓮は夕飯を作って加賀谷の帰りを待つことにした。

冷たい家庭で育った加賀谷が、家庭的な雰囲気に飢えていることは知っている。ならせいぜいいい気分にさせて、そこで誕生日プレゼントをねだってやるつもりだった。そうして、もらうものさえもらったら切ろうと考えている。

説明のつかないなにかに調子を崩され、蓮の毎日は楽しくなくなってしまった。加賀谷と一緒にいると落ち込んだり苛々したり、ロクな気分にならない。これ以上ペースを乱される前に、そこそこのところで手を引くことも必要だった。

「まさか、待っててくれるとは思いませんでした」

帰ってくるなり加賀谷はそう言った。顔は赤く、息は乱れている。マンションの部屋に灯りがついているのを見て、きっと急いで坂を上がってきたんだろう。

「こんなことなら、お土産を買ってくればよかったです」

「別にいいよ。仕事で行ってんだし」

そっけなく言い、蓮はリビングに戻った。玄関で立ち尽くしていた加賀谷は急いで靴を脱ぎ、蓮のあとを追いかけてきた。

「九州に行く前に言った話ですが——」

加賀谷は途中で言葉を切った。夕飯の並んだ食卓をポカンと見ている。

「すごいご馳走《ちそう》だ」

「たいしたもんじゃねえけど、皿数だけ」

加賀谷と目を合わさないよう、蓮はそそくさとキッチンに向かった。

夕飯の間、加賀谷は同棲の件には触れなかった。タイミングを計っているのか、食事中のマナーを重視しているのか、蓮のほうはこのままうやむやにしたかった。近々切る予定の相手と、同棲するかしないかで揉《も》めるのは死ぬほど馬鹿らしい。

「ああ、これはすごくおいしいですね」

加賀谷は皿に箸《はし》を伸ばすたびに、しつこく同じ言葉を繰り返した。大して手間もかかっておらず、味もさほどの料理にだ。加賀谷を殺すなら毒殺だなと、蓮はおかしな想像を巡らした。蓮の差し出すものなら、加賀谷は疑いもせずに口に運ぶに決まっている。

そして死んでいくときも、蓮を欠片も疑ったりしないのだろう。

自分が去ったあとも、そうなんだろうか。

騙されたとも気づかず、この部屋で、加賀谷は蓮が訪ねてくるのを待つんだろうか。ベランダに立って、坂を見下ろして、金を持って逃げた恋人を待つんだろうか。

——お母さん、早く帰ってきて。

ふと、子どものころを思い出した。もう何日も母親が帰ってこず、そういうことはよくあって、でも慣れることは全くなく、今度こそもう帰ってこないかもといつも怯《おび》えていた。それがついに現実になった日のことは、よく覚えている。

ひどく悲しく、その一方で、もう怯えなくてすむと一回転した安堵があった。ひねくれて、ねじれた挙げ句、いつの間にか他人に期待をしなくなった。期待しなければ裏切られることもない。もしくは、自分が裏切ることで傷つくことを回避するように——。

「どうしました。元気がないですね」

ハッと顔を上げ、蓮は暗い記憶を振り払った。

「こんなにたくさん料理をして疲れたんじゃないんですか。それでなくても工場と僕の部屋の往復で、最近、君には無理をさせてしまいました」

加賀谷は心配そうに眉をひそめる。止めてほしいと思った。自分はこれから加賀谷を騙すのだ。けれど騙される加賀谷にはなにも落ち度はない。単に不運なだけ。

かわいそうにと思う。

けれど蓮も昔そうだった。

なにも悪いことなどしていないのに、蓮ばかり悲しい目に遭った。

次々とやって来る悲しみになす術もなく、ただじっとうずくまって厄災が通り過ぎるのを待つだけの無力な子どもだった。無責任な神さまが振る『幸福』と『不幸』のサイコロ。昔たまたま蓮は『不幸』のマス目に止まり、加賀谷は『幸福』に止まった。

けれど、生きている限りサイコロは振られ続ける。

今度は、加賀谷が金を騙し取られて『不幸』になる。

今度は、蓮は加賀谷を騙して金という『幸福』を得る。

そのうち、蓮にもまた『不幸』の番がやってくるだろう。

いいことばかりも、悪いことばかりも続かない。

生きるとはそういうことだと思っている。

なのに、どうしてだろう。

誰を騙しても、目の前の男だけは騙したくないと、もう一人の自分が訴えている。

ヒヤリとした。こんな気持ちを認めたら、自分はもう立っていられない。今まで自分がしてきたことを悔やんでしまうかもしれない。膝をついて、悪かったと言いたくなってしまうかもしれない。そんなのは真っ平ゴメンだ。

いつかまた『不幸』のマス目に止まるとしても、理不尽な世の中に膝をついて許しなど乞《こ》わない。自分はもう二度と無力な子どもには戻らない。戻りたくない。

「……俺、今日、誕生日なんだよね」

唐突にその言葉を口にした。

「えっ、今日ですか？」

加賀谷は素《す》っ頓狂《とんきょう》な顔をした。本当なら、もっとさりげなく話を振る予定だった。けれどもういい。とにかく早く仕事を終えて、一刻も早くこの男と手を切るのだ。じわじわと胸に広がっていく、この強烈な罪悪感に食い潰《つぶ》される前に。

「今日で二十二歳になる」

「お、おめでとうございます」

硬い表情の蓮をどう誤解したのか、加賀谷は箸を手にオロオロしはじめた。

「すみません。僕は学会や自分のことで精一杯でした。僕たちが知り合って初めての君の誕生日に、こんな家事をさせて本当に申し訳ありません」

「別に……そういうこと言ってんじゃなくて」

気まずい沈黙が流れ、こんなはずじゃなかったと後悔した。にっこり笑って恩を売り、質流れさせやすい時計か、あわよくば車でもねだってやろうという算段だった。

仕切り直そうにも、喉に石でも詰められたかのように言葉が出てこない。口八丁手八丁の詐欺師が聞いて呆れる。失敗だ。失敗だ。大失敗だ。

「なにか、ほしいものはないですか？」

永遠に沈黙が続くかと思われたころ、加賀谷が尋ねてきた。

「今夜はもう間に合いませんが、今度の土曜日はレストランで食事をしましょう。そのときにプレゼントも買いに行くというのはどうでしょうか。今日のお詫びと、今までのお礼も兼ねて、君のほしいものをなんでも言ってください」

蓮の気を引き立てるように、加賀谷は一生懸命話す。まるで拗ねた子どもをあやすような優しい声音。恥ずかしくて、じわじわと耳たぶが熱くなる。

「別に、そんなのいらねえよ」

ぶっきらぼうに言い放ってから、馬鹿かと内心で舌打ちした。

「君がいらなくても、僕は君の生まれた日を祝いたいです」

加賀谷は困ったように言い、複雑な気持ちが広がった。泣きたいような、怒りたいような、曖昧な形のない感情。それらは恐ろしい勢いで身体の隅々に広がり、蓮を無力な子どもに戻してしまう。

こらえきれず、蓮は唐突に立ち上がった。逃げるように窓際のソファへ行き、広い座面の上で小さく膝を抱え込む。俯き、内側からじくじくと溢れる不満に耐える。

いくら好きだと言われても、ありがとうと受け取るわけにはいかない。

加賀谷が好きなのは嘘で塗り固めた蓮だ。親がいなくても前向きに頑張り、加賀谷のために温かな食卓を調えて待つような、ぶっきらぼうだけど優しい恋人の蓮だ。

でもそんな人間はいやしない。現実にいるのは、なにをするにも損得勘定をしてからじゃないと動けない詐欺師の蓮。こっちが本当で、真実の自分はちゃんとここにいる。なのに嘘の蓮は、本物の蓮よりずっと価値を持って加賀谷を魅了する。そう仕向けたのは自分なのに、悔しくて、悲しくなる。

全てをぶちまけてしまいたい衝動に駆られた。真実を話したら、加賀谷はどういう反応をするだろう。本当は金目当てで近づいたんだと告白したら、どうするだろう。

決まっている。軽蔑だ。

でも心のどこかで、加賀谷ならと思っている自分がいる。今まで騙してきた男たちと加賀谷は違う。穏やかで、律儀で、ひたすら蓮を大事にしてくれる。

加賀谷なら本当の蓮を知っても受け入れてくれるんじゃないかと、つい甘えた考えが頭を過《よ》ぎる。でもすぐに自分を戒めた。いつからそんな都合のいい夢を見るようになってしまったんだろう。世の中は蓮に甘くない。嫌というほど知っている。

膝を抱えて顔を俯けていると、カタンと椅子が動く音がした。加賀谷の気配がこちらに近づいてくる。そっと髪を撫でられた。

「せっかくの誕生日だったのに、本当に申し訳ないことをしてしまいました。どうしたら機嫌を直してもらえますか？」

そうじゃない。そうじゃない。そうじゃない。顔を上げると、床に跪《ひざまず》いてこちらを覗《のぞ》きこんでいる男と目が合った。困ったような目に胸を圧迫される。

「なんでも言ってください。全部、君のいいようにしますから」

そう言われて、いつもの情景が思い浮かんだ。蓮がほしいもの。将来の夢。雑木林に近い田舎の一軒家。小さな庭があって、雑種の犬がいる。家の中には書斎がある。そこは本で溢れていて、大きな机の上も本に占領され、そこには――。

加賀谷が座っていた。

呆然とした。昔から飽きるほど思い描いた夢の家。

けれど家の中まで想像したことはなかった。そこに自分以外の人間がいることももちろんないはずだった。人間は裏切る、嘘をつく。だから人間のパートナーはいらない。

しごく明快で疑問を挟む余地はない。なのに加賀谷だけは違う気がする。なんど否定してもそう錯覚してしまう。どうしてだろう。どうしてだろう。どうしてだろう。どんどん膨らんでゆく疑問が限界を突き破り、喉奥でパチンと弾けた。

「……家が……ほしい」

言葉が転がり落ちた。小さくて、今にも泣きそうな情けない声だった。

「家、ですか？」

加賀谷はパチパチと瞬きをした。間抜けな顔だと思った。大して男前じゃないし、気弱そうで、口も上手くない。お涙ちょうだいの身の上話を頭から信じ込んで、大金を巻き上げられても気づかず、のんきに一緒に暮らしたいなどと馬鹿なことを言い出す。

加賀谷は馬鹿で、馬鹿で、大馬鹿すぎて、今すぐ抱きしめたくなった。

そしてしっかりしろよと、こんな詐欺師にコロッと騙されるんじゃねぇよと、髪をグシャグシャに掻き回したくなった。

これが『好き』という気持ちだろうか。形のない感情に名前をつけることはひどく怖い。名前をつけても、それは嘘だからだ。加賀谷が好きなのは本当の蓮じゃない。

「……ごめん、冗談。今の冗談だから」

俯いてハハと笑った。けれど加賀谷は思いがけないことを言い出した。

「実は、僕はドイツに渡ろうかと考えています」

「ドイツ？」

「臨床医を辞めてから二年ほど、ドイツの大学の研究所に世話になりました。そこからまた声をかけられています。そこに、君にも一緒に来てもらいたいんです」

蓮は目を見開いた。

「好きな研究さえできれば、僕は日本でもドイツでもどこでも構わない。でも君と出会って、僕は自分を取り巻く環境を真剣に考えました。このまま日本にいれば……」

加賀谷は言い辛そうに間を置いた。

「嫌でも加賀谷の家とぶつかります。両親はもう僕のことは諦《あきら》めていますが、それでも同性の恋人を持つことまで容認はしないでしょう。でもこういうことは話し合いで解決できることじゃない。無意味な争いを繰り返すうち、君は僕を嫌になるかもしれない」

僕はそれが怖い――加賀谷は俯き加減の顔を上げた。

「一緒に暮らしてほしいという提案に、ドイツ行きの件を伏せたことは謝ります。でも最初からそう打ち明ければ、考えるまでもなく拒絶されそうで怖かった」

必死な目に見つめられ、蓮は戸惑った。どれだけ乞われても、愛されているのは自分じゃない。加賀谷が好きなのは――ふっとズルい考えが頭を過ぎった。

本当のことなど、蓮が言わなければ分からない。

加賀谷が好きな蓮に、本物の蓮のほうを合わせてしまえばいい。ついた嘘を本当に変えるくらい、大したことではないような気がする。でもすぐに駄目だと思った。

身の上話はともかく、名前はどうする。海外に渡るならパスポートが必要だ。それに今までの嘘の辻褄を合わせるために、これからも蓮は嘘をつかなくてはいけない。いつ本当のことがバレるかと怯えながら、自分を偽り続ける苦しさにきっとヘトヘトになる。

蓮は目を伏せた。この話は受けられない。考えるまでもない。

「君に、ドイツの家をプレゼントします」

加賀谷が声の調子を明るく変えた。

「以前ドイツに渡ったとき、祖父から生前贈与でもらったんです。祖父も若いころドイツに留学したことがあって、田舎町の古い家ですが趣があって僕は好きです」

研究所のあるフランクフルトから車で十五分ほどの近郊、オーバーウルゼルという町にある一軒家だ。緑豊かな森と草原に隣接し、日曜には近所で市が立つ。田舎だから治安もよく、とても暮らしやすいところだと加賀谷は教えてくれた。

「庭を眺められるサンルームがあるんです。庭にはたくさん木が植えられていて、春はつるバラが咲いて、秋には黄色や赤の枯葉で庭が埋め尽くされます。それを眺めながらの日向《ひなた》ぼっこがとても気持ちよくて、きっと君も気に入ると思います」

蓮は見たこともない外国の家を想像した。誰も蓮のことを知らない、そんな場所で一から加賀谷とやり直せたらどんなに幸せだろう。

「……でも俺、ドイツ語なんてできねえし」

自分は行けない。分かってほしい。

「大丈夫。向こうに渡るにも準備が必要ですし、その間に基礎は僕が教えます。フランクフルトには語学学校が山ほどありますし、君は頑張り屋だからすぐに覚えられます」

腕をつかまれ、子どもが駄々《だだ》をこねるように揺さぶられる。

蓮がほしいと訴える目に、心ごと揺さぶられる。

断らなければいけない。分かっている。

なのに求められるまま、うなずいてしまった。

我に返ったときには遅く、加賀谷の腕の中に囚《とら》われていた。性急に唇を重ねられ、撤回の言葉を差し挟む隙間などない。堰《せき》を切ったかのように情熱的なキスに流される。加賀谷は蓮を横抱きに抱え上げ、ためらわずに寝室に向かった。

「ちょ、ちょっと——」

「嫌ですか？」

加賀谷の目には譲る気配がない。珍しく強引な男の胸に、蓮は諦めて顔を埋めた。断りを入れるのは明日でも間に合う。今だけ、少しだけ、夢を見ていたい。


性急に服を脱がされ、ベッドに組み敷かれてすぐ、自分がおかしいことに気がついた。

首筋に唇を落とされているだけなのに、甘い喘《あえ》ぎが漏れる。耳裏から首筋、きつく吸ってくる唇に全身がゾクゾクする。今までにない高揚感が怖い。

「ちょっ…待った。シャワー……んっ」

言葉途中で乳首を口に含まれて、身体が飛び跳ねた。覆いかぶさってくる男の頭をどけようとしたのに、舌の先で転がされてギュッとしがみついてしまった。

「……っ…ふ……」

片方を含まれたまま、反対側も指の先で刺激される。たかが胸への愛撫《あいぶ》くらいで、身体の芯が蜜《みつ》みたいにトロリと蕩《とろ》けていく。

色んな男と寝てきたが、こんなことは初めてだった。

セックスが気持ちいいのは、射精するその一瞬だけだと思っていた。ペニスを弄られれば生理的な反応として快楽は生まれる。けれど、代わりに胸を塞ぐような嫌悪感も湧き上がる。一瞬の快楽よりも、嫌悪感は長く蓮の心に尾を引いた。

なのに加賀谷が触れる場所からは、言いようのない甘い疼《うず》きが波紋のように広がる。溶けそうに気持ちいい。唇を噛みしめてその感覚に耐えた。

「……やっ」

下肢に手を伸ばされ、身を捩って性器に触れられることを避けた。

胸を弄られている間に、そこはすっかり熱を帯びて硬くなってしまっている。

先端からは、ひっきりなしに透明な雫《しずく》がこぼれ落ちている。自分でも初めて知る無防備な身体の反応を、加賀谷に知られるのは死ぬほど恥ずかしかった。

しかし、抵抗はあっさりと封じられた。ほっそりとした蓮の腰を抱え込み、加賀谷が足の中心に顔を伏せてくる。昂《たか》ぶったものに口づけられ、全身が大きく震えた。

「……う、あっ」

先走りの液体を舐《な》め取られ、尖《とが》った舌先でくびれの輪をなぞられる。濡れた口内に先端を全て含まれ、強く吸われるたび、茎の中心がぴくぴくと震えた。

背筋が仰《の》け反《ぞ》るほど気持ちがよくて、もっともっととせがむように腰が揺れる。

　ペニスへの愛撫を受けながら、後孔にそっと指が触れてくる。押し開かれる感覚に、そこが怯えるように窄《すぼ》まった。抗いをはねのけ、指先が潜り込んでくる。

「…っ、んうっ」

　何度か身体を重ねた経験からか、加賀谷の指は正確に蓮の脆《もろ》い場所に触れてくる。そこを強くなぞられ、悲鳴のような喘ぎが漏れた。いやらしい水音が立つほど前を舐められながら、後ろを弄られる。初めてでもない行為に理性がみるみる崩れていく。

　どうしてこんな風になってしまうのか、全く分からなかった。

　蓮が知っているどの男と比べても、加賀谷のやり方はごくノーマルだ。控えめと言ってもいいほどで、なのに加賀谷にされていると思うだけで、身体の芯まで熱くなる。

　甘ったるい喘ぎが止まらなくて、どんどんその瞬間が近くなる。

　堪えきれずに、口元まで手繰り寄せたシーツを噛んだ。

　同時に、熱い液体が下肢で弾ける。

　極めている最中のものを何度もきつく吸われ、気が遠くなった。ぐったりと横たわる蓮の中から指が出て行く。達したばかりの身体には充分すぎる刺激に、身体がピクピクと震える。加賀谷は身を起こし、そのまま蓮の両足を抱え上げようとしてくる。

「ちょ……、待った」

　こんな状態で加賀谷を迎え入れたら、とんでもないことになりそうで怖い。

蓮は身体を起こし、強引に加賀谷と体勢を入れ替えた。

達したばかりでだるい身体を下にずらし、男の股間《こかん》に顔を埋める。

「いい、君はそんなことをしなくても」

加賀谷は慌てて蓮をどかそうとする。その表情からは戸惑いと、申し訳なさが見て取れる。挿入を先延ばしにするためだけに仕掛けた行為を、その瞬間、蓮はどうしてもしてやりたくなった。強引に加賀谷のものを口に含むと、低い喘ぎが頭上から聞こえた。

「……う…っ」

加賀谷の手が、堪えきれないように蓮の髪をまさぐってくる。

口の中のものが熱く脈打って、硬さを増していく。

加賀谷が自分の愛撫に感じてくれている。

それが嬉しくて、蓮は夢中で舌を使った。自分から進んで男の性器を咥《くわ》えたことなど、今まで一度としてなかった。頼まれても適当にのらりくらりと逃げていた。

なのにどうして今は——問いかけることすらもう馬鹿らしい。

自分は、加賀谷を、好きなのだ。

曖昧で形のない気持ちに、身体は素直に反応する。

同時に切ない、泣きたい気持ちになる。別れようと決めた相手から、これ以上の快楽を教えられたくない。蓮は口内のものにますます熱心に舌を絡ませた。このまま加賀谷が達してくれたら、身体をつなげなくてもいいかもしれない。

けれど企《たくら》みは上手くいかなかった。

あと少しというとき、強引に体勢を入れ替えられた。

足を大きく開かされて、背後に猛《たけ》ったものをあてがわれる。指よりもずっと太くて熱い塊が狭い入り口を圧迫して、押し広げながら進んでくる。

「……っん、あ、あぁ……」

さんざん解《ほぐ》され、柔らかく熱を含んだ場所に奥まで挿入されていく。

ひどく苦しいのに、加賀谷とつながっているという興奮だけで達してしまいそうになる。じっと馴《な》染《じ》ませている間も、浅く呼吸をするだけで受け入れている場所が疼いた。

皮膚一枚下で、一刻も早く放出してしまいたい熱が渦を巻いている。

じりじりと燻《くすぶ》るような熱に煽られて、呼吸も苦しいほどだ。

「……痛いですか？」

うっすら目を開けると、心配そうな加賀谷と目が合った。

痛くない。でも苦しい。気持ちよすぎて、苦しい。好きすぎて、苦しい。なのに一緒にはいられないことが、苦しい。苦しくて、苦しくて、心の底から自分のしたことを後悔した。何度でも謝るから、今すぐ時間を巻き戻してほしい。加賀谷と初めて言葉を交わした最初の夜に巻き戻してほしい。そうして、なにもかもやり直したい。

「……好きだ」

加賀谷の首に両腕を巻きつけ、息だけでささやいた。

好き――こんな簡単な二文字なのに、人に対して使うのは初めての言葉だ。

「君の百倍、僕は君が好きです」

快楽をこらえているせいか、加賀谷は怒ったような顔をしている。その表情を、いいなと思った。大して格好よくもないこの顔が好きだ。加賀谷だから好きだ。

腰を抱え込まれ、じくじくと蕩けている内側を大きく穿《うが》たれる。

甘い悲鳴が漏れる。頭が変になりそうなほど気持ちいい。

揺すぶられながら、目尻から涙がこぼれた。自分の上で、快楽に眉根を寄せる加賀谷に胸が詰まる。想いを寄せた相手とのセックスが、これほど気持ちいいなんて知らなかった。

突き上げられる行為から、少しずついたわりが消えていく。

律動が速まり、お互い快楽を追うことだけに夢中になる。蕩けるような熱に身体中を苛《さいな》まれている最中、倒れこむように加賀谷が覆いかぶさってきた。

熱い迸《ほとばし》りが最奥で弾ける。きつく抱きしめられたまま、蓮も達した。

「……どうして、泣いているんですか？」

ぼうっとしていると、汗で張りついた前髪を優しく払われた。

目尻の涙を唇で吸い取られ、そのまま口元にスライドされる。余韻に任せて唇を重ねていると、つながったままの場所で加賀谷のものがピクリと動いた。たったそれだけの刺激に全身がわななく。身を捩った途端、息も詰まるほど抱きしめられた。

「……や、まだ……」

身動きもままならない蓮の中で、加賀谷がどんどん大きくなる。そのたび蓮の内側はギュッと収縮して、悦ぶみたいに加賀谷を締めつけた。

正直で貪欲《どんよく》な身体を、単純に怖いと思う。

これ以上甘い快楽に味をしめてしまったら、加賀谷から離れられなくなりそうで、それがとても怖い。今夜だけ。あと少しだけ。そんな言葉でどこまでも自分を誤魔化していきそうな——そんな自分が一番怖い。

真夜中、蓮は喉の渇きで目が覚めた。隣で寝ていたはずの加賀谷がいない。床に落ちたままになっているシャツを拾い上げ、軽く羽織ってから寝室を出た。書斎のドアが少し開いていて、そこからぼんやりと廊下に灯りが洩《も》れている。

こんな夜中に仕事だろうか。驚かさないよう足音を忍ばせて、蓮はドアの隙間からそうっと中を窺った。スタンドの淡い光の下で、分厚い本を捲《めく》っている横顔が見える。

よく見ると、それは本ではなくアルバムだった。

加賀谷は丁寧にページを捲っていき、なにを基準にしているのか、何枚かの写真を剝がしていく。それらをまとめて白い封筒に入れ、机の引き出しにしまいこんだ。

パタンと引き出しを閉めたあと、加賀谷はお祈りのように顔の前で手を組み、目を閉じた。苦しげな横顔は、とても楽しい想像を巡らしているようには見えない。

気づかれないように、蓮は忍び足で寝室に戻った。

シーツを頭からかぶって、さっきの光景を頭から振り払おうとした。

なぜか、見てはいけないものを見てしまったような後ろめたさが拭えない。

しばらくして、カチャリとドアが開く音に蓮は寝たフリをした。ベッドの軋《きし》む音と一緒に、加賀谷が隣に潜り込んでくる。気になるなら、なにをしていたか聞けばいいのに、なぜか声をかけられなかった。

翌朝、加賀谷に起こされて目が覚めた。昨夜の余韻か、甘だるい重さが身体の芯に残っている。なかなか起きない蓮の肩を、加賀谷が軽く揺すってくる。

「起きないと、仕事に遅刻しますよ」

寝起きの悪い恋人に対して、笑いの滲んだ声だった。でも仕事なんてない。遅刻もしない。正直にそうとは言えないけれど。蓮はのろのろと身体を起こした。ベッドから立ち上がり際、ふらりとよろめく。加賀谷が慌てて手を差し出してきた。

「ちょっと失礼」

そう言って額に触れてくる。加賀谷の手はひんやりしていた。

「ん、少し熱がありますね。季節の変わり目なので、風邪かもしれません。今日は仕事を休んだほうがいいでしょう。ここで寝ていてください」

蓮をベッドに押し戻し、加賀谷は出勤時間が迫っているにもかかわらず、いつでも食べられる朝食と風邪薬を用意してくれた。

「エアコンは空気が乾燥するので、毛布を余分に出しておきましょうか」

「いいよ。本格的に悪くなったら病院行くから」

そう言うと、加賀谷は口をへの字に曲げた。

「一応、君の恋人も医者なんですがね」

拗ねた口ぶりがおかしく、蓮は小さく笑った。

「具合が悪くなったら、まずは僕に電話をください。今夜は早く帰ってきます」

「ん……サンキュ」

蓮の額にキスをして、加賀谷は出勤していった。熱で頭がぼうっとする。でもなんだか幸せだった。病気のとき、自分を案じてくれる誰かがいることは心強い。

そういえば小学生のとき、風邪を引いた蓮を、なんの気まぐれか母親がずっと看病してくれたことがあった。卵のお粥《かゆ》を作ってくれて、ミカンもむいてくれたっけ。冬で、窓が白く曇っていた。身体はだるいのに、ずっと風邪をひいていたいと思った。

今も同じだ。

ずっと風邪をひいて、ずっとこの部屋でぬくぬくしていたい。

けれど、現実はそうもいかなかった。今夜にでもドイツ行きの話をちゃんと断らなければいけない。一度はイエスとうなずいたのだから、加賀谷は納得しないだろう。またあの縋《すが》るような目と向き合わなければいけないのかと思うと、ズキズキと頭が痛んだ。

やっぱり薬を飲んだほうがいい。そして少し寝よう。

だるい身体をひきずり、蓮はキッチンに水を取りに行った。

薬を飲んだあと、キッチンカウンターの上に白い封筒が無造作に置かれているのに気がついた。それは昨日の夜中、加賀谷が引き出しにしまったはずの封筒だ。出かけに持って行こうとして、うっかりそのまま忘れてしまったような感じだった。

あんな夜中に、なんの写真を選《よ》り分けていたんだろうか。蓮は封筒を見下ろした。封がされていない。見ないほうがいいと思う。でもなにか気になる。

恐る恐る封筒を手に取った。中の写真を取り出し、蓮は目を瞠った。

これは誰だろう。幾枚かの写真の全てに、驚くほど蓮に似た男が写っている。白衣を着ている写真もあることから、おそらくは加賀谷の同僚なのだろう。

しかしただの偶然にしては、蓮とこの写真の男は似すぎている。それにどうしてこの男の写真だけを剝がしたんだろう。しかも蓮に隠れるように真夜中に。

穴が開くほど写真を見返す中、ふと初対面のときのことを思い出した。

あの夜、加賀谷は蓮の顔を見てひどく驚いていた。

あの反応はもしかして、蓮がこの男によく似ていたからじゃないだろうか。

――まさか、君とこんな風になれるなんて思ってもみなかった。

同じ夜、蓮を抱きながら加賀谷が口にした睦言《むつごと》。あれらは誰に宛《あ》てたものだったのだろう。まるで長い片思いをやっと実らせたようだと思ったことを覚えている。

加賀谷がこの男の写真だけを選り分けていた事情は知らない。

けれど、あの苦しそうな横顔の理由は分かる。

加賀谷はこの写真の男が好きで、蓮は身代わりなのだ。

うっすらと透けて見えてくる事実。頭が痛み、蓮は額に手を当てた。

写真を戻し、蓮は加賀谷の部屋を出た。スペアキーをフロントのミスター・コンシェルジュに預け、加賀谷に渡してもらえるようにことづける。職務熱心な男は慇懃《いんぎん》な態度でキーを受け取り、表情一つ変えなかった。

ガタガタと帰りの電車が揺れるたび、事実がじわじわと身体に染み込んでゆく。

熱でぼやけた頭で、よかったじゃないかと考えた。これでドイツ行きがどうだの、馬鹿な話で頭を悩ませる必要もなくなった。嘘をついていたのは加賀谷も同じで、だったら蓮だけが罪悪感を抱える必要もない。引き分けで、痛み分けで、さようならだ。

そう思っているのに、この空っぽさかげんはなんだろう。

なんにもなくて、心に風がぴゅうぴゅう吹く。

反対に身体はどんどん重くなって、立っていられなくなった。

顔を両手で覆いしゃがみこむと、「大丈夫ですか」と声をかけられた。

お節介がうっとうしく、蓮はその声を無視した。

握り潰されたような心の中で、今すぐ反対路線の電車に飛び乗って、加賀谷の部屋に戻りたいと願った。あんな写真は見なかったフリで、加賀谷が本当は誰を好きなのかも知らないフリで、身代わりでもなんでもいいから、加賀谷のそばにいたいと願った。

いつの間にかだらだら涙が流れていて、指の隙間から滴った。奥歯をきつく噛みしめる。口を開ければみっともない嗚咽《おえつ》が飛び出しそうだった。

自分はこんなに弱い人間だったろうか。

面白いほど、涙はあとからあとから湧き続けた。

聞き慣れた駅のアナウンスが流れ、蓮はよろよろと立ち上がった。周囲の視線を気にする余裕もなく、袖《そで》口で涙を拭う。身体中が熱くて、ふらつく足取りで駅を出る。

一歩踏み出すごとに頭痛はひどくなっていく。あの埃っぽいアパートでもいいから、とにかく眠りたい。横になりたい。

錆《さ》びた鉄製の手すりを頼りにアパートの階段を上がると、自室の前に見知らぬ男が二人立っていた。蓮に気づいた二人は顔を見合わせ、確認するようにうなずきあう。

「小野寺透さん？」

蓮は何年かぶりに、他人の口から自分の本名を聞いた。

なにかを考える前に、若いほうの男が胸ポケットから警察手帳を出した。

「――さん、ご存じですね。あなたから金を騙し取られたと告訴状が出ています。詳しい話を聞きたいので、署までご同行ください」

口調は丁寧だったが、有無を言わせぬ厳しさがあった。ぼんやりと霞《かすみ》がかった頭で、被害者だという男の名前を反芻《はんすう》した。聞き覚えはあるが、顔はよく思い出せない。

騙されたと知ったとき、その男はどんな気持ちになったのだろう。

愛している人に騙された。裏切られた。捨てられた。

それがどれだけ痛いことか、自分も幼いころから嫌というほど知っていた。

でも忘れたフリをしていた。ズキズキと疼くそれを抱えたままでは、重くて痛くて歩けなかったのだ。その一方で、同じ痛みをまき散らして、なにかに復讐《ふくしゅう》していたのかもしれない。けれど回りまわって、痛みはまた蓮の元に戻ってきた。

忘れたフリはもうできず、まき散らす場所もなく、受け止めるしかない。

突っ立ったままでいると、両脇を刑事二人に固められた。

取調べは連日続いた。風邪をひいていると訴えても、かわいそうになと口で言われるだけで、まともに取り合ってもらえない。熱が上がってきたのか頭が働かず、聞かれたことに事後を考慮した答えを選ぶ余裕すらなかった。

そのうち余罪を疑った刑事たちは、他の被害者を探しはじめた。複数の被害者に告訴されたら執行猶予はつかないという脅し文句を、蓮は熱に浮かされた頭で聞いていた。

「加賀谷聡」

どこか他人事のような呆《ほう》けた頭が覚醒《かくせい》したのは、刑事のその一言だった。ビクッと弾かれたように顔を上げる蓮に、年配の刑事は勝ち誇ったように笑った。

「知ってるよな、加賀谷総合病院の息子。カモにしてただろ。いくら搾り取った？」

「……そんなやつ、知らねえよ」

白を切ると、刑事は持っていた調書の束で蓮の頬を引っ叩《ぱた》いた。

「とぼけんじゃねえよ。お前があのお坊ちゃんから四百万近く巻き上げたのも、全部調べがついてんだ。昨日うちの若いのが告訴してくれって頼みに行ったんだよ」

目の前が真っ暗になった。

あのまま姿を消せれば、まだきれいな思い出を残せると甘い夢を見ていた。けれどこれが自分のしてきたことだ。刑事の口は、蓮にどんなきれいな飾りも施してくれない。

事実を聞いたとき、加賀谷はどう思っただろう。

蓮とよく似た男と比べられて、雲泥の差だと蔑《さげす》まれたかもしれない。

きっと加賀谷の中で、自分は思い出したくもないゴミみたいな存在になった。

自覚すると、神経が切れたみたいになにも考えられなくなった。

犯した罪を反省する気持ちすら、どこかに消えてしまった。

「ま、あのお坊ちゃんに関しては空振りに終わっちまったがな」

ふうっと煙草《たばこ》の煙を吹きかけられ、のろのろと顔を上げる。

「あの坊ちゃんはな、なんだっけな、イタリアだかドイツだかに行くんだとよ。あれくらいの家になると世間体ってモンが第一でよ、おまえみたいなチンピラに引っかかっても、おいそれとは告訴もできねえんだろうな。不自由なもんだなあ、金持ちってのも」

どれだけ神経を鈍くさせても、刑事の言葉はナイフみたいに鋭く尖って、蓮をグサグサと突き刺した。我慢できずに俯くと、ポタリとシャツに水滴が落ちた。

「おいおい、こんなトコで泣いても情状酌量にゃなんねえぞ？」

「……うるせえ、ジジイ」

涙の滲む目でにらみつけると、髪を鷲《わし》づかみにされた。

「なんだ、その反抗的な態度は。セコい詐欺で警察の仕事増やしやがって、お前らみたいなのをゴミってんだ。ゴミはゴミなりに反省して、ちったあ小マシになりやがれ！」

ガンッと凄い力で机に顔面を叩きつけられた。

――自由になったら、一番にこいつを殺してやる。

勾留《こうりゅう》されてから今まで、生きる気力を見出せたのはこの瞬間だけだった。

捜査が進む中、幾人かの被害者が告訴に踏み切ったと刑事から教えられた。その中に加賀谷の名前はなく、そっけない事実が意味することはたった一つだけ。

蓮と加賀谷の間には、事件など起きなかった。二人は知り合いですらない。

白く塗りつぶされた新しい事実は、そのまま加賀谷の心のようだ。本当に加賀谷とは切れてしまったと、心の底から実感したのはこのときだったのかもしれない。

起訴から結審までは早く、蓮は二年の実刑判決を受けた。

蓮が収監されたのは東北の刑務所だった。冬の間はほぼ毎日雪が降り、あまりの寒さに手足が痺《しび》れてロクに眠れない夜が続く。

見上げる窓には鉄格子が嵌《は》まっていて、真夜中の巡回中、刑務官から寝る姿勢まで注意を受ける。息をするのも許可がいるんじゃないだろうかと疑いたくなるほど規則尽くめの生活の中で、思い出すのは加賀谷のことばかりだった。

仕事をしているときの没頭した横顔や、照れたときに頭を掻くくせ。ベランダから手を振る小さな影。他愛ない思い出に紛れて、ふっと疑問が頭を過ぎる。

――もう、俺のことなんか忘れたかな。

ふざけた問いかけに、そのたび涙がこぼれた。考えても辛くなるだけだと分かっているのに、加賀谷への気持ちは抑えようがない。ゴミでも、クズでも、どんな最悪な形でもいいから思い出してほしい。忘れ去られるのだけは嫌だと願うようになった。

虫がよく厚かましい願望。自分をそうさせてしまう『恋』という形のない感情にゾッとする。誰かを好きになっても、楽しいことは一つもない。

ある意味、昔の自分は正しかった。

加賀谷に恋をしたことを、死ぬほど悔やんだ。

もう一生、誰も好きにはならないと決めた。

それでも油断すると加賀谷のことを思っている自分に気づき、この感情のタチの悪さを思い知らされる。そのうち単調な労役をこなしている間も、食事をする間も、わずかな休み時間の間も、蓮はいつも加賀谷のことを考えるようになった。

浅い眠りの間すら、加賀谷の夢を見た。

いっそ嫌いになれたら楽になれると、加賀谷を否定する理由を色々挙げた。

大して男前でもない。優しいが、優しい人間は世の中にごまんといる。ここを出て探せば、加賀谷タイプの男などすぐ見つかるだろう。でもそんな男はほしくない。どれだけ似ていても、それは加賀谷じゃない。それでは意味がない。

そうして、想いは最初にループする。

どうして、あの男でなければいけないんだろう？

寝不足でフラフラになりながら、一日中掻き毟《むし》られるように胸が痛い。こんな苦しさを一生抱えていかなければならないなら、いっそ死にたいとすら思った。

でも春が来るころには、蓮は普通に寝られるようになった。ギリギリまで追い詰められると、身体のほうが苦痛を回避しようと勝手に頑張るものなのかもしれない。

加賀谷はどうしているだろうと考えながら、気づくと瞼が重くなる。夢も見ない。一日の疲れのまま、ぐっすりと眠る。こんなに遠く離れて、もう二度と手の届かない存在だということを、身体がやっと理解したのかもしれない。

けれど記憶は消せなかった。

夏が過ぎ、秋も深まり、再び冬を迎えてもそれは薄らぎもせず、鮮明になる一方だった。

風にはためく白いカーテンや、吸い込まれそうな青色がきれいな画集。

触れるだけの甘いキスや、穏やかにほほえむ男の横顔。

雪が吹き込む渡り廊下を整列して歩きながら、最初から自分のものでもなかったそれらがふいに鮮やかに蘇《よみがえ》り、胸を砕いていく。

二度目の春が来て、加賀谷のドイツの家にはバラが咲いているだろうかと考えた。

二度目の秋が深まって、黄と赤の枯葉で埋め尽くされた庭を、サンルームから眺めているんだろうかと考えた。

その想像は、以前のように胸が破れるほどの痛みを伴わない。けれど痛みは切なさに形を変えて、胸の真ん中に焼きついた。多分、ずっと消えないんだろう。

チラチラと降る雪を仰ぎ見るころには、蓮の出所日はもう目前に迫っていた。


出所の朝は、初めてここに来たときと同じように雪が降っていた。直立不動で無言の職員に軽く頭を下げ、蓮はあっさりと高い塀の外に足を踏み出した。

迎えの人間など誰もいない。当たり前の現実を見ないように、ボストンバッグのサイドポケットから、これから世話になる施設の案内書を取り出した。

そこは行く宛てのない元犯罪者の一時保護や、薬物中毒だった者たちの再犯を防ぐための更生施設で、煙草・飲酒の禁止、果ては門限まで決められている。

入所を勧められたときは、冗談じゃないと思った。

けれど蓮には他に選択肢がなかった。住む家を借りようにも金がなく、迎えてくれる家族も知り合いもいない。一人なのだなと、改めて自分の身の上を噛みしめた。

大雑把な乗換えを確認し、蓮は案内書をバッグの中に戻した。工場でも工事現場でもなんでもいい。とにかく早く仕事を探し、金を貯めて出て行こう。

詐欺はもう二度としないと心に決めている。

吹っ切るように顔を上げた途端、吹きつける雪が目を掠《かす》めた。慌てて俯き、バスの停留所を目指す。キュッキュッと雪を踏む、自分の足元だけを見つめて歩く。

ふと視界の端っこに、雪の日には不似合いな革靴の先が見えた。

刑務所しかない、こんな町外れになんの用だろうか。疑問が過ぎったが、自分が出てきた場所を思えば顔は上げられなかった。足早に行きすぎようとしたときだ。

「おかえりなさい」

全身がビクッとすくみ、蓮は立ち止まった。この二年、何千回と頭の中でリピートをかけた声だ。恐る恐る顔を上げ、そのまま動けなくなった。

「お久しぶりです」

いつからそこにいたのか、律儀に頭を下げる加賀谷の頭には雪が積もっていた。

蓮の身体はみっともなく震え、すぐには声も出ない。

「頼んでいた人から、君が出所するとドイツに連絡をもらったので」

出所の日取りは外部の人間は分からないはずだ。黙っていると、色々と知り合いがいるのでと加賀谷は言い添えた。わざわざ調べさせたのかと気持ちがすくんだ。

「積もる話もあるんですが、この辺りに喫茶店とかは……ないようですね。立ち話もなんですので、とりあえず駅まで一緒に行きましょうか」

加賀谷は少し先にある停留所に顔を向け、蓮はボストンバッグの柄を強く握った。

「いい。ここで」

自分が加賀谷になにをしたか、それを加賀谷本人から問い質《ただ》されるのだと思った。責められるのは構わない。ひどい言葉でなじられても当然だ。ただ、一刻も早くすませてしまいたい。二人で並んでバスに乗るなど死んでも嫌だ。

「……分かりました。ではその前にこれを」

加賀谷はコートのポケットから、少し黄ばんだ封筒を取り出した。

蓮は息を呑み、すぐに目を伏せた。二年前は白かった封筒。加賀谷の口から、それに纏《まつ》わるどんな話も聞きたくない。足元ばかりを凝視する耳に、ビリッと音が響いた。顔を上げると、加賀谷は四つ裂きにした写真をパラリと地面に落とした。

「なにして……っ」

慌てて手を出したが、写真の断片はヒラヒラと踊りながら蓮の手をすり抜けた。踏みつぶされて靴裏の模様ができた雪の上で、蓮によく似た男の欠片が笑っている。

「……あんた、なにしに来たんだよ」

泣きそうな目で見上げると、それ以上に泣きたい目とぶつかった。

「本当なら、二年前に、君の目の前でこうしなければいけなかったんです」

笑おうか、泣こうか、一瞬迷った。実際は呆然と加賀谷を見ていただけだ。

「……そんなん、俺のしたことに比べたら」

誤魔化すように髪に手をやり、けれど短すぎてかき上げられなかった。服役中は丸坊主で、やっと少し伸びただけ。みっともなさに口元だけで自分を笑った。

「君のしたことと比較して、どうのこうのではないんです。僕は、僕のしたことをずっと後悔していた。僕の後悔と君の罪悪感は、なにも関係ありません」

関係ないという言葉に、胸が冷えた。加賀谷は悲しそうに蓮を見ている。蓮は小さく息を吐いた。空気が白く、まあるく口からこぼれて、静かに心を決めた。

この二年間、蓮が自分の犯した罪を後悔し続けたように、加賀谷も自分の些細《ささい》なズルさをずっと悔やんでいたのだろう。だったら、蓮は聞かなくてはいけない。吐き出すことで加賀谷の気がすむのなら、辛くても、全て聞かなくてはいけない。

ボストンバッグを雪の上に置き、蓮は刑務所を囲う高い塀にもたれた。

背中から伝わる冷気に、咳《せき》に似たくしゃみが出る。こんな雪空の下、薄い上着一枚でかなり寒い。出所するからといって、服を差し入れしてくれる身内などいないのだから仕方ない。仕方のないことが、加賀谷の前に出ると恥ずかしいことに感じられた。

足元から立ち上ってくる冷えに身体がぶるりと震える。赤く染まった指先に息を吹きかけていると、加賀谷が自分のコートを差し出してくれた。

「いいよ、あんたが寒いだろう」

断ったのに強引に羽織らされる。

「あの朝も、君は風邪をひいていたから」

加賀谷は蓮の隣に並んだ。二人して高い塀にもたれ、ゴミみたいな雪が降ってくる灰色の空を眺めた。一面うっすらグレイで、じっと見ていると天地がぶれる。

「写真の人……、昔の恋人？」

切り出しにくいだろうことを察して、蓮のほうから口火を切った。

「いいえ。医大時代の後輩で、呆れるほど長い間、僕の片思いの相手でした」

承知の上だったのに、胸を刺された。

「君を初めて見たときは本当に驚いて、それだけで……夢中になりました」

「うん」

「けれどそんなのは単なるきっかけで、僕はすぐ君自身に恋をした。そうなるにも過程があったんでしょうが、形のない感情の流れを説明するのは難しいですね」

「……そうだな」

長い睫に雪が一片乗った。まばたきをすると体温で溶けた水滴に視界を濡らされ、蓮はゆっくり目を閉じた。加賀谷の告白は嬉しくて、その倍悲しい。昔話だからだ。

「なのに、君を好きになればなるほど、『単なるきっかけ』はどんどん僕の中で重みを増していった。本当のことがばれたら、潔癖な君は僕を許さないかもしれない。僕の怯えは、君がドイツ行きを承諾してくれたあの夜、ピークに達しました」

未練がましく持っていた彼の写真を処分しようと、気づかれないよう加賀谷は真夜中に写真を整理した。整理しながら祈った。こんな不純なきっかけが、どうか蓮にばれませんように。蓮に嫌われませんよう――そこからは聞かなくてもよかった。

加賀谷は封筒を忘れ、蓮は中身を見てしまった。二人の仲はそこで終わり、蓮は服役して、加賀谷はドイツへ渡った。それが事実の全て、それ以上でも以下でもない。

「なんだか、奇妙な気分でした」

ごうっと吹く風の音に紛れて、加賀谷が呟いた。

「聞いていた身の上話も、名前も、全て嘘。君は詐欺師で、僕から何百万もの金を騙し取った。これほど明快な事実を刑事から突きつけられても、僕はどうしても君に騙されたとは思えなかった」

どんどん雪がひどくなる。白一色の景色に向かって加賀谷は首をかしげた。

「なぜでしょう。二年間、ドイツでずっと考え続けました。最初は朝も昼も夜も、なにをしていても思考が全て君に流れ、答えを導き出せず、苦しく、一生こんな苦しみが続くのかと思うと、死にたくなりました」

蓮は爪が食い込むほど手を握りこんだ。罪悪感に身がすくむ反面、加賀谷が自分と似たような二年間を過ごしたという事実に、あってはならない喜びが湧き上がってしまう。

「でもある日、僕は論点がずれていることに気づいたんです」

加賀谷は深く息を継いだ。

「どれほど君の行為を分析して、論証しても、僕はそれを受け入れられなかった。それなら問題の中心は君ではなく、僕なのではないかと。そして見つめる対象を変えると、考えるまでもなく、答えは最初から僕の中にありました」

加賀谷が蓮を見た。

「僕は、今でも君を、愛している」

ふっと目が回った。それは眩暈《めまい》を伴うほど甘い言葉だった。舌に乗せた途端、ホロリと溶けてなくなる砂糖細工、その一瞬の陶酔感。けれど余韻を味わう間はない。

「わ…分かんねえ。俺はあんたを騙して金を巻き上げた詐欺師だぞ」

「ではもう一度、僕を騙してください」

冷えた指先をそっと絡められ、全身が震えた。

払おうとすると、ギュッときつく握られる。

「嘘でもいい、僕を好きだと言ってください。僕のそばに居てください。君になら、僕は何度騙されても構わない。君が好きなんです。もうどうしようもない」

加賀谷は二年前と変わっていなかった。ほしいほしいと腕をつかまれ、駄々をこねられたあの夜と寸分も——。ありえない状況に、あの夜以上に心を揺さぶられる。

だからこそ、蓮もたやすくうなずけない。

騙されて金を巻き上げられたくせに、まだ蓮を愛していると言ってくれた。こんな雪の日に迎えに来てくれた。それだけで充分だ。自分は加賀谷の手を取る資格がない。

「あんたがよくても、俺は嫌だ」

つながれた指先を、蓮は力を込めて振り払った。

「ドイツが嫌なら、日本でも構いません」

「そういう意味じゃねえよ」

蓮は雪空を斜めに仰ぎ見た。この二年間、加賀谷を騙したことを後悔しない日はなかった。だからもう二度と嘘はつかないと心に決めていた。

それが出所当日に破る羽目になるとはお笑いだった。でもそんな誓いはもうどうでもいい。加賀谷のためなら、自分はどんな嘘でもつける。

「騙したことは謝るよ」

蓮は無表情に呟いた。

「けど俺はちゃんと償ったし、これからは真面目に働こうって思ってる。女作って、結婚して、ガキとかも普通にほしいし。だからあんたみたいなのは……正直ウザい」

そう言って、隣を振り仰いだ。

「な、分かってくれよ」

おもねるような、わざと卑しい笑いを浮かべ、蓮は加賀谷から目を逸らした。

――ごめん。ごめん。ごめん。ごめん。

心の中で幾度も繰り返し、ひたすら目の前の白く閉ざされた景色を見つめ続けた。今にも涙がこぼれてしまいそうで、きつく唇を噛みしめる。そのとき、吹雪いて視界の悪い雪道の向こうから、淡い光が近づいてくるのが見えた。バスだ。

「……じゃ、悪いけど俺、行くわ」

「話はまだ終わっていません」

「終わってる。とっくの昔にな」

目を合わさずにコートを返し、蓮はボストンバッグを持ち直した。絶妙なブレーキングで目の前にバスが止まる。後ろ側の扉がバタンと開く。じゃあなと、もう一度軽い挨拶をして加賀谷に背を向ける。途端、涙が溢れて顎を伝い落ちた。

逃げるように乗車口に足をかけた瞬間、すごい力で上着の背中を引っ張られた。

声を上げる間もなく引きずり下ろされ、雪の中に背中から倒れ込む。目を開けると、顔を歪《ゆが》ませ自分を組み伏せる加賀谷と目が合った。驚きすぎて声も出ない。

「あんたらー、大丈夫か」

バスの中から、初老の運転手がなにごとかと降りてくる。起きようとしても、ぐっと体重をかけられて無理だった。蓮を組み伏せたまま、加賀谷が声を張り上げる。

「大丈夫です。僕たちはバスに乗りません、早く行ってください」

訝しげにこちらを窺ったあと、運転手はやれやれといった風にバスに戻る。ほどなくエンジン音が聞こえ、真っ白い景色の中にバスは消えていった。

「ど……どけよっ。迷惑だって言ってんだろ。しつこいんだよ！」

「じゃあ、なぜ泣いているんですか」

問いかけに言葉が詰まる。言い返すこともできず、また涙がこぼれた。

「僕は君を愛しています。今度こそ、さらってでも放しません」

灰色の空を背景に加賀谷が言う。

「ば、馬鹿か。俺は前科がついてんだぞ」

「関係ない」

「関係ある。親もいないし、俺とあんたじゃなにもかも違うだろ」

「関係ない！」

蓮はビクッと肩を震わせた。加賀谷の怒鳴り声など初めて聞いた。

「君がどう思おうが、僕が君のそばにいたいんです！　毎日、一生、君と生きていきたいんです！　親がいないなら僕が親になる。親で、友人で、恋人になりますから」

一息に言うと、加賀谷は蓮の胸に顔を伏せた。

「……お願いですから」

訴える声はくぐもって震えている。馬鹿な男だと思った。生真面目で、優しくて、自分から進んで損な札を引きたがる。自分のような犯罪者とはとうてい釣り合わない。生きる世界が違う。なのにこの男がほしい。どうしてもほしい。

――神さま……。

胸の中で呟いて、押し倒された体勢のまま、灰色に閉ざされた空に向かって両手を伸ばした。ごめんなさい。誰に向かって許しを乞うているのか分からない。それでもそう呟かずにいられない。ごめんなさい。ごめんなさい。胸の中で繰り返しながら、伸ばした手を恐る恐る加賀谷の背中に回した。

「……俺も、あんたのそばにいたい」

大きな気持ちが喉元までせり上がって、引きつれた声が漏れた。強く抱きしめてくる腕にしがみつき、こらえきれずに蓮は子どものように声を上げて泣いた。

ずいぶん長い間そうしていた。少しずつ感情の波が引いて、入れ替わりに寒さが蘇ってくる。折り重なる加賀谷の上には、真っ白な雪が降り積もっていた。

「……ごめん」

グスッと洟《はな》をすすり、頭や背中の雪を手で払ってやった。身体を起こし、雪の上に座りこんで向かい合う。灰色の高い塀、雪に閉ざされた町外れには自分たちしかいない。

「……透くん」

名前を呼ばれ、わずかに戸惑った。その名前には嫌な思い出しかない。目障りなゴミを追い払うみたいに呼ばれた、惨めな子ども時代を連想させられる。

「本名は嫌いだ」

「どうして。とてもきれいな名前です」

蓮は首を横に振った。きれいじゃない。価値もない。

「でも僕たちはこれから恋人で家族になるんです。偽名で呼ぶのはおかしいでしょう」

「……家族？」

自分には縁遠い響きだった。口にした途端、溶けて消えてしまうお菓子みたいに甘ったるく、頼りない、この世で一番信用のならない言葉、新調のコートみたいに身に馴染まず、でも温かい。どう受け止めていいか分からない。

返事に困っていると、口づけられた。キスの合間に、何度も名前を呼ばれる。捨てても惜しくない名前を、加賀谷は愛しむように、慈しむように口にする。

ひどく不思議だった。

髪や頬に降りかかった雪が、体温で溶けてじわじわと形を失くす。

愛しているとか、ずっと一緒だとか、そんな言葉も気持ちも、いつかこの雪みたいに溶けて消えてしまうかもしれない。でも、それでもいいと思えた。

失くすことを思うと怖くなる。だから先の約束はいらない。
代わりに、何度も唇を寄せ合った。
触れ合うたび、形のない曖昧な温かな心が流れ込んでくる。
いつか溶けて消えてしまうものでも、今だけはこの手にある。
もうそれだけでいいと、愛によく似たものが降ってくる灰色の空を見上げた。

積木の恋 CHRISTMAS BOOK

十二月一日から二十四日まで、日付の一つ一つが窓になっていて、全ての窓を開け終えるとクリスマスに辿《たど》り着く。ヨーロッパではポピュラーなクリスマス雑貨で、アドベントカレンダーというものを蓮は初めて見た。

先週、仕事から帰ってきた加賀谷《かがや》がくれたものだ。ドイツの研究所で世話になった同僚から送られてきたのだという。

最初、蓮《れん》は絵かと思った。雪の降るドイツの夜の街並みが描かれていて、けれどよく見ると、あちこちに数字が並んでいる。数字の上には切れ目が入れてあり、なんだろうとめくろうとしたら、加賀谷に止められた。

「これは十二月に入ってから開けるものです。ほら、全部窓になってるでしょう」

「面倒《めんどう》だな。いっぺんにバーッと開けちまえばいいのに」

「待つのも楽しみのうちですよ。せっかくですから飾っておきましょう」

人のいい笑顔を浮かべ、リビングの壁にそれを貼《は》りつけている加賀谷を、蓮はチラと盗み見た。憎まれ口を叩《たた》いたのは、柄にもなく浮き立つ気持ちを隠したかったからだ。

クリスマスという日を、蓮は一度も祝ったことがない。

それどころか、子どものころから一層みじめさを噛《か》みしめる一日だった。

町中がイルミネーションに溢《あふ》れ、テレビからは明るいクリスマスソング、プレゼントをねだる子どもたちや大きな丸いケーキ。なに一つ、蓮には手が届かなかった。

マフラーをぐるぐる巻いて、いつも下を向いて歩くのが蓮のクリスマスだった。大人になってからは興味自体なくなった。それが酸っぱい葡萄《ぶどう》なのは分かっていたけれど、望んでも手の届かないものに価値などない、そう思っているほうが楽だった。

「透《とおる》くん、今度の休み、ツリーも買いに行きましょう」

カレンダーを貼り終えた加賀谷が、嬉しそうに蓮を振り返る。

『透くん』。

それは確かに自分の名前なのに、なんだかいつまでも慣れない。

加賀谷と暮らしはじめて、そろそろ一ヶ月が経《た》つ。出所後、蓮は国の更生施設で加賀谷がドイツから帰国するのを待った。加賀谷は約束通り十月の終わりに帰ってきて、その翌週、以前から目星をつけていたマンションに二人で引っ越した。

昔から思い描いていた田舎の一軒家ではないけれど、ベランダから公園が見える。

静かな冬木立の隙間《すきま》から、鏡みたいに澄んだ池が見える。池にはいつも水鳥の群れが泳いでいて、日曜には恋人同士が漕《こ》ぐボートも見える。朝は小鳥の声で目が覚め、隣には少し間の抜けた恋人の寝顔がある。穏やかで、なにも不足のない暮らしだ。

こんな平穏な毎日は、今までの蓮の人生にはなかった。

だからだろうか。目覚めるたび、自分がまだ眠っている気がする。

本当の自分は狭いアパートの一室、もしくは刑務所にいて、加賀谷と暮らしている夢を見ているだけなんじゃないか——と。

毎朝、目覚めるたびに真っ白な天井を見つめ、努力して現実感をたぐりよせる。でないと、身の丈に合わないシャツを着ているような、幸せの中で身体が泳いでしまうような、ゆらゆらとしたつかみ所のない気持ちになってしまうのだ。


十二月最初の朝、蓮はカレンダーの『1』の窓をそっと開けた。

下から現れた絵に、口元が思わずゆるんだ。

優しい筆遣いの外国の街並み。深い藍色《あいいろ》の空には金色の星がきらめいて、雪の積もったレンガ作りの建物の窓の向こうに、オレンジ色の炎が灯《とも》る蠟燭《ろうそく》が描かれていた。

指先でそうっと炎に触れてみた。絵なので熱くない。

でも、胸の真ん中が温かくなる。

なんとなく浮かれた気分でカレンダーを眺めていると、廊下から寝室のドアが開く音が聞こえた。

足音は二つ。一つは洗面所へ、もう一つ、小さくて軽い足音がリビングへ向かってくる。わずかに開いたドアをこじ開けて入ってきたのは、茶色の子犬だった。

「クー、おはよう」

屈《かが》んで手を差し出すと、元気に飛びついてくる。引っ越しに際して、蓮がお願いしたのは一つだけ。犬を飼うことだった。ペットショップで値札をつけられている犬は嫌だったので、里親募集の貼り紙から選んだ。血統書もなにもついてない雑種の子犬。まだ小さいのでクンクンとしか鳴けない様子がかわいく、クーと名付けた。

「待てよ、すぐ飯やるから」

じゃれついてくるクーを床に下ろし、蓮はキッチンで子犬用缶詰を開けた。一緒にコーヒーをセットしてカップに注いだところで、加賀谷が入ってくる。

「おはようございます」

加賀谷は洗面をすませ、きちんとシャツにセーターを着ていた。

「休みの日くらい、パジャマでダラダラしてりゃあいいのに」

「そう思うんですが、くせなので」

加賀谷は休日でもきちんとした服装をする。整理整頓《せいとん》は苦手なくせに、身だしなみはきちんとしているところが坊ちゃんくさい。蓮はコーヒーを二つテーブルに置き、自分も向かいに座った。カップを手に、加賀谷が壁に目をやる。

「ああ、カレンダーの窓を開けたんですね」

「あー……、うん、ちょっと珍しかったし」

蓮は目を泳がせた。待ってましたとばかりに開けたようで恥ずかしかったのだ。

「来年は、もっと凝った作りのものを買いましょうか」

「凝った作り?」

「ええ。窓の一つ一つが箱になっていて、中にお菓子が入っているものもあるんです。キャンディやビスケットや他愛ないものばかりですが、子どもは喜ぶんですよ」

「誰が子どもだよ」

ムッとすると、「僕です」と穏やかに返されて拍子抜けした。

「昔から、僕の家のクリスマスは寂しいものだったので」

「へえ? 金持ちのクリスマスって派手《はで》そうだけど」

「大人には大人の社交がありますからね。両親は外でのパーティへ出かけて、僕と弟は家で留守番です。一応ツリーとプレゼントは用意されていましたが」

「……ふうん、そういうもんか」

金持ちと貧乏人。お互いに育った環境は正反対なのに、ふと気持ちの底がリンクし合う瞬間がある。自分と加賀谷は違うのに、似てる。似てるのに、違う。

「あとでツリーを買いに行きましょう。クーも一緒に」

「うん」

蓮は両手でカップを包むように持ってうなずいた。休みの朝はいつも穏やかに、静かに過ぎていく。朝食兼昼食をすませてから家を出た。クーの散歩も兼ねて公園を通る。クーはまだ早く歩けないので、クーに合わせて蓮と加賀谷もゆっくりゆっくり歩く。

「最近の十二月はあまり寒くないですね」

加賀谷が空を見上げて呟いた。

「やっぱり地球規模の温暖化が進んでいる証拠なんでしょうか」

「そうかもな」

「でも年明けから寒くなると天気予報では言ってますね」

「みたいだな」

加賀谷との会話は相変わらずつまらない。初めて会ったときから話下手な男で、いくら愛情が芽生えたからといって、急に面白くなるはずもない。二人で並んで歩いていてもあまり会話は弾《はず》まず、けれどちっとも退屈ではないのが不思議だった。

「クリスマス、どこか旅行にでも行きましょうか」

加賀谷が急に立ち止まったので、蓮は後ろを振り返った。

「無理だろ。クーはまだ子犬だし」

「あ、そうでした」

加賀谷は肩を落とした。ガクッという音が聞こえてきそうだ。

「どうしたんだよ、いきなり」

「すみません。なんとなく、君が退屈なのではないかと思って」

「なんで?」

「僕は話下手ですし、特に面白い遊びも知らないので」

そんなことは知っている。知っていて好きになったのだ。

「毎日毎日、僕は大学と家の往復ばかりですし」

そういう穏やかな暮らしが幸せだ。もちろん加賀谷とだから——。

言葉は胸の中で溢れている。でも出てこない。詐欺師だったころ、愛の言葉は新聞の折り込み広告くらい安いものだったのに、気持ちがこもった途端、一言一言は重くなる。

「……退屈も、なかなかいいと思うけど」

ぼそっと呟いた。幼いころから負のループにどっぷりだったせいか、取り立てて変化のない今の生活はひどく得がたいものに感じられる。けれど平穏や平凡のありがたさ、なんて刑務所に来る牧師みたいなことを口にするのは気恥ずかしかった。

蓮は背を向け、枯葉に顔を突っ込んで遊んでいるクーのそばに屈んだ。赤や黄色の枯葉にまみれた身体を払っていると、後ろに加賀谷が立つ気配がした。

「枯葉がついていています」

「子犬だからな。見るモノなんでも珍しいんだ」

「君のことですが」

えっと後ろを振り仰ぐと、笑顔で頭を指さされた。なんだと髪を払うと、赤く色づいたハート型の枯葉がひらりと落ちてくる。加賀谷はそれを摘《つま》み上げた。

「髪飾りみたいで、とてもかわいらしかったのに」

指先でハート型をクルクルと回され、耳まで赤くなった。ムスッと立ち上がり、蓮は大股《おおまた》で歩いた。すぐに加賀谷が追いついてくる。

「退屈が好きだなんて、透くんは変わっていますね」

「変わってて悪かったな」

「悪くないです。逆に君が変わった人でよかった。でないと、僕のようなつまらない男のそばになどいてくれないでしょうから」

至極当然という口調に、蓮は返答に困った。加賀谷総合病院の長男が、前科者の自分なんかに——。でも加賀谷は本気でそう言っているのだ。

「あんたもたいがい変わりもんだよ」

照れ隠しでふんと鼻を鳴らすと、加賀谷は嬉しそうな顔をした。

公園を出て、川を渡ると駅前商店街がある。クリスマスの飾り付けがしてある賑《にぎ》やかな店先を、二人と一匹であちこち眺めながら歩いた。途中でクリスマスグッズをたくさん売っている雑貨店を見つけ、クーを街路樹につないで中へ入った。

「モミの木は本物のほうが、雰囲気があっていいと思うんですが」

組み立て式でプラスチックのモミの木を見て、加賀谷が難しい顔をする。

「生のモミの木なんて、シーズン終わったら始末に困るんじゃねえ？」

「しかし、せっかく透くんと祝う初めてのクリスマスなわけですし」

嬉しそうにほほえみかけられ、じわっと耳が熱くなった。

「いいよ、別に。女じゃねえんだからそこまでロマンチックに決めなくても」

蓮はそっけなく言った。蓮だって加賀谷とクリスマスを祝えるのは嬉しい。けれど慣れていないので、どうしても照れが先に立ってしまうのだ。

「そうですか？　僕は今までロマンチックとは縁のない生活をしていたので、色々と珍しいんですが。まあ、これはこれで毎年使えるから便利だと思えばいいですね」

加賀谷は苦笑いでプラスチックのツリーの葉触りを確かめている。

――毎年。

加賀谷の横顔を眺めながら、蓮は心の中で反芻《はんすう》した。来年も、自分たちは一緒にいるんだろうか。無事に来年を越しても、再来年は？　その次の年は？

ふわふわと綿飴《わたあめ》みたいに膨らんでいた気持ちが、すうっとしぼんでいく。

昔から、いいことのあとにはよくないことが起こった。そのうちいいことがあると、不吉の前触れかと不安に駆られるようになった。それはたいがい当たってしまうので、少しばかり不幸なほうがいつの間にか安心するようになった。

だからだろうか。毎日はとても穏やかに幸せに過ぎていくのに、加賀谷との未来はぼんやりと霞《かす》んで想像できない。さっき加賀谷は、自分のようなつまらない男と暮らして蓮が退屈しているんじゃないかと言った。それと似たことを、蓮もよく考える。

自分のような前科者の男に、加賀谷はいつまで愛情を持ってくれるだろうと。

続く自信は欠片《かけら》もない。

かといって、加賀谷を信用できないわけじゃない。

蓮が信用できないのは、幸せ、という形のないものだ。

ましてや加賀谷とは育った環境が違うから、些細《ささい》なすれ違いがあるのは当然だ。それがどんどん積もって、山のようになって、ある日崩れるんじゃないかと。

「――どれにしますか？」

ハッと我に返った。

「え、なに？」

「僕はセンスがないので、どういう飾りがいいのかよく分からないんです」

「そんなん俺もだよ。ここにあるもの、俺には全部きれいに見える」

キラキラ光る銀色のボール。雪の結晶やトナカイの形をしたオーナメント、リボン、ライト、てっぺんに飾る星。どれも子どものころ、店のガラス越しに横目で通り過ぎたものばかりだ。自分には縁のないもの、手の届かないものたち。

「こういうのって、幸せ家族の象徴って感じだよな」

小さな天使の像に手をかざすと、加賀谷の視線を感じた。

「なに?」

「全部、買いましょう」

真顔で言われ、蓮はキョトンとした。

加賀谷は手にしたカゴに片っ端から飾りを入れていく。

「お、おい、そんな飾ったらツリーが倒れるだろ」

「では、ツリーをもう一本買いましょう」

蓮は呆気《あっけ》にとられた。

「あんた、バカ?」

「透くんが喜んでくれるなら、僕はバカでいいです」

加賀谷の口調はどこまでも真面目で、口の上手《うま》い男ではないのにダイレクトに気持ちが伝わってくる。嬉しさに頬《ほお》が熱くなる反面、不安になる。もしかして、自分は物欲しそうな顔で飾りを見ていたんじゃないだろうか。

「片付けることも考えて、飾りはシンプルに行こう」

誤魔化《ごまか》すように目を逸《そ》らし、適量の飾りをカゴに放り込んだ。ツリーやリースと一緒にレジに持っていくと、合計で二万を超えた。クリスマス用品は意外と高い。次に行った日常の買い物やクーのドッグフードも合わせると、一日で結構な出費になってしまった。スーパーのレジで金を払いながら、蓮はこっそり溜息をついた。

――仕事、早く決めないとなあ……。

加賀谷と暮らして一ヶ月、まだ仕事が決まらない。毎日のようにハローワークに行っているが、この不況の最中、前科のある人間を雇ってくれる会社はそうそうない。更生施設から通っていた仕事は小さな建設会社での肉体労働で、今のマンションに引っ越しするときに辞めた。蓮は通うつもりだったが、加賀谷に止められたのだ。

「仕事は一日の大半、人生の大部分を占めるものです。透くんの将来にとって大事なことなので、焦らず、自分が納得できる職場を探してください」

「けど、生活費も稼がないといけねえし」

「僕がいるので、そういう心配はしなくて結構です」

そう言い、加賀谷は当然のように銀行のカードを蓮に渡した。もちろん蓮は受けとらなかった。詐欺師とそのカモという過去があるだけに、金に関しては余計きっちりしたかったのだ。けれど、そんなことを気にしていたら一緒に住めないと押し切られた。

そうして知った加賀谷の収入はすごかった。大学から出る給料は、これでどうやって生活するんだと危ぶむほど少なかったが、加賀谷名義の不動産や株からの収入が半端ではなかった。加賀谷が金に鷹揚《おうよう》な理由が分かる。

この恋人は、一生金の苦労など知らずに生きて行くんだろう。

あのとき、他人ごとのように思ったのを覚えている。この関係が長続きしないと、自分は心のどこかで覚悟しているのだと思う。長続きすればいいなと願うことと、多分そうはならないだろうという予感は、蓮の中では矛盾しない。

「透くん、クリスマスプレゼントはなにがいいですか」

買い物袋をぶらさげてまた公園を通って帰る途中、加賀谷が尋ねた。

「いらない。ほしいもんないし、準備してるだけでも楽しいし」

本心からそう言った。それに加賀谷の優しさに甘えきって、慣れきって、金にだらしない姿を見せるのは怖い。やっぱり育ちが悪いのだと、やっぱり前科者なのだと思われたくない。過去が過去だけに、絶えず自分を戒めていないと不安だ。

「そう言わず、なにかほしいものを見つけてください」

「いいんだって。本当になにも——あ、じゃあアレ」

公園にいつも出ているホットドッグの屋台を指さした。

「僕は真面目に聞いているんですよ」

「だってホントにないし」

そっぽを向くと、加賀谷は「君は本当に欲のない人ですね」と溜息をついた。屋台のほうへ歩いて行き、馬鹿正直《ばかしょうじき》にホットドッグを二つ注文している。

「とりあえず買ってきました。でもこれとプレゼントは別です。まだ日にちもあるのでゆっくり考えておいてください」

「うん、サンキュウ」

軽く答え、蓮はホットドッグを受け取った。池の前のベンチに腰を下ろすと、鴨《かも》が二匹並んで泳いでいた。加賀谷はソーセージをちぎってクーにやっている。

「俺よりさ、あんたはなんかほしいものないの？」

問うと、加賀谷はそうですねえと空を見上げた。

「特にありませんね。僕の場合は、一番ほしいものはもう隣に座っていますから」

にこっとほほえみかけられると、どうしていいか分からなくなる。

こういうことを言ってくれる男だから、蓮は一日でも早く働こうと思うのだ。正社員じゃなくても、バイトでもなんでもいい。とにかく働いて、自分の稼いだ金で加賀谷にクリスマスプレゼントをしたい。こんな風に誰かを思う日がくるなんて、昔は想像もしなかった。

「この子たち、夫婦でしょうか？」

雄と雌の鴨が泳いでいる池を見ながら、加賀谷が言った。

「おしどり夫婦と言いますが、鴨の夫婦も仲がいいんでしょうかね」

「さあ、どうだろう」

「帰ったら調べてみましょう」

加賀谷はちぎったパンを並んで泳ぐ鴨に投げる。のほほんとした笑顔だった。気弱そうな、でも意外と大胆なところもある、穏やかな男の隣。蓮が初めて手にした温かい場所だ。こんな幸せが一生続くはずない。分かっているからこそ一日でも長く続いてほしい。だったら頑張ろう。ハンデがある分、人の倍。それでやっと人並みだ。

ぷかぷかと鴨の浮かぶ池を眺めながら、蓮は残りのホットドッグをかじった。

翌日、蓮はクーの散歩でいつも通りかかる洋食屋へ行った。一週間ほど前から、店の前にアルバイト募集の紙が貼ってあった。こぢんまりとした店で、夫婦だろう若い男女が切り盛りをしている。おしゃれではないが、落ち着く雰囲気の店だった。

「うち、時給安いけどいいの？」

シェフコートの襟を開けた男が言った。オーナーの新山《にいやま》だ。時給は確かに安い。けれどそれが蓮にとってはハードルの低さになった。あとでばれるよりはと履歴書には前科があることを書いた。新山の目がそこに留まり、わずかに眉根《まゆね》が寄る。

「悪いけど、前科ってなにか聞いていい？」

「詐欺です」

正直に答えると、新山は考え込んだ。難しい顔で履歴書を見つめている。

「真面目に働きます。どうか雇ってください」

蓮は深々と頭を下げた。こんな風に人にものを頼んだのは何年ぶりだろう。恥ずかしさと一緒に、自分のしたことが下げた頭に載っているかのように重い。

「まあ、うちも切羽詰まってるしなあ。実は今、嫁さんがコレなんだよ」

顔を上げると、新山は腹の前でポコンと山を作った。

「安定期に入るまでは、立ち仕事させたくねえのよ。重い寸胴《ずんどう》持ったり、米だの野菜だの結構重労働だし、冬場の水仕事ってのも身体冷えるし」

喜びと不安が混じった口調のあと、新山は蓮の顔をのぞき込んできた。

「見たトコ、そんな悪そうな顔もしてないしなあ。いつから来れる？」

「え、い、いつでも」

「じゃあ明日から。オープンは十一時半だけど、仕込みがあるから九時には来て」

「雇ってくれるんですか？」

思わず聞いてしまった。あんまりスムーズすぎて、肩透かしをくらった気分だった。すぐに我に返って、よろしくお願いしますと頭を下げた。

帰り道、足取りはやたら軽かった。断られることを覚悟して手当たり次第回るつもりだったので、鞄《かばん》の中には履歴書が五通用意してある。無駄になったことがひどく嬉しい。

空は高く、空気は澄んで、たかがバイトが決まった程度で、世界に受けいれられたような気がしている。自分がちっぽけに思えて、けれど嫌な気分ではなかった。

——聡《さとし》になに買ってやろう。そうだ、クーにも。

公園を抜ける途中、いつもの屋台でコーヒーを買った。池のほとりにあるベンチに行くと先客がいた。杖《つえ》を持ったおばあさんだ。相席は気詰まりなので別のベンチに行こうとしたときだった。おばあさんの小さな身体がずるずると前に崩れた。

「……ちょ、大丈夫?」

思わず声をかけると、おばあさんが顔を上げた。

「ごめんなさいね、少し休んだら治るから」

しかし顔色がひどく悪く、すぐにまた前屈みにうなだれてしまう。辺りを見回したが連れはいないようで、仕方ないなと蓮はおばあさんの隣に座った。

「気分よくなったら、家まで送ってやるよ」

ぶっきらぼうに言うと、おばあさんが意外そうにこちらを見た。


「俺、明日からバイト行くことになったから」

夕飯後、キッチンで後片付けをしながらさりげなく報告した。

「ずいぶんと急ですね。どこですか？」

「公園抜けて、川のほう行ったとこにあるちっこい洋食屋」

シンクをざっと拭《ふ》いて片付け終了。キッチンを出て、リビングの窓際に飾られたツリーの前に座った。チカチカと瞬くライトが、ささやかな幸せを形にして見せてくれる。

「飲食業に興味があるんですか？」

加賀谷もやって来て、蓮の隣に腰を下ろした。

「ってわけじゃないけど――」

ツリーの下に転がっている骨の形をしたおもちゃを投げると、クーが懸命に追いかけていく。毛足の長いラグを転がりながらキャッチして、必死でおもちゃを噛みはじめた。

「もしかして生活費が足りないんでしょうか」

「それはない。余ってるくらいだから」

「じゃあ、焦る必要はないでしょう。今は不況なので、そんなにすぐには正社員の仕事は見つかりませんよ。君だけじゃない。みんなそうです」

それはそうだ。でも蓮に仕事が見つからないのは不況だからだけじゃない。そうとは言わず、オブラートに包んでくれる加賀谷は優しい。

「別に焦ってる訳じゃねえよ。毎日家にいるだけで退屈だし」

「でも、君まで外に出たらクーも寂しがる」

加賀谷はクーを抱き上げ、「そうですね、クー?」と同意を強要した。骨のおもちゃで遊びたいクーは放してほしくてジタバタもがく。その様子に蓮は笑った。

「勝手してごめん。でも昼間だけだし、メシとか掃除は今まで通りやるから」

そう言うと、加賀谷はポイとクーを放した。

「いえ、君が謝る必要はありません。僕がワガママを言いました。君はバイトでもなんでも好きにしていい。無理に家事をやる必要もないんです」

焦ったように謝られ、蓮は口元だけで笑った。

「サンキュ。けど家のことすんのは嫌じゃねえし」

「今日は、他になにかありましたか?」

「んー……、そうだなあ」

公園で具合の悪いおばあさんと知り合った。あのあと、気分がよくなったおばあさんを家まで送った。おばあさんの家は公園から十分程度、縁側のある古い一軒家で、旦那《だんな》は他界して一人暮らしらしい。娘夫婦が近くに住んでいるが、あっちはあっちで忙しいからと寂しそうに笑っていた。

蓮のことを若いのにとても親切な子だと言い、そんなことを言われたことのない蓮は戸惑い、逃げるように帰ってきた。途中で振り向くと、おばあさんは垣根からまだ蓮を見送っていて、嬉しそうに小さく手を振った。なんだか胸が苦しくなって、蓮は一度だけ手を振り返し、足早に去った。家族がいても、寂しい人は寂しいのだ。

「……別に。特にないな」

蓮は裏返っているサンタのオーナメントを表に向け直した。おばあさんの寂しそうな笑みは、蓮の胸にどこかもの悲しい窪《くぼ》みを作った。話せばきっと加賀谷も分かってくれるだろう。でも同時に自分の寂しさのありかも知られてしまう。

「君は秘密主義ですね」

蓮は隣を見た。そんなつもりはない。

「ああ、違う。話が上手くないだけかもしれません」

「あんたに言われたくないんだけど」

ムッとする蓮に、加賀谷は本当だと苦笑いを浮かべた。

「僕たちは、どちらも種類の違う口下手なんですよ」

「どう違うんだよ」

問うと、加賀谷はそうですねえとチカチカと瞬くツリーのライトに視線をやった。横顔からのんびりとした雰囲気が消え、なにかを考えはじめる。

こうなると加賀谷は長い。体力はからきしだが、脳力がタフなのだ。こんこんと一つのことに集中し、その間、隣にいる蓮のことすら忘れている。

寂しくはないし、逆にホッとする。今、加賀谷の中に自分はいない。加賀谷だけが作り上げる世界は安定していて、それを少し離れた場所から眺めるのが蓮は好きだった。

なにかを問われ、それに答えることより、数倍も安心できる。

ボロを出して、大事なものにヒビを入れてしまう危険性がないからだ。

クーをじゃらしながら、普段よりも男前度の上がっている横顔を盗み見る。しばらくすると、加賀谷の横顔がふっとほどけた。考えがまとまったらしい。

「君は口下手じゃなくて、甘え下手なんです」

「………」

「もっと言うと、甘えることを自分に許していない気がします。でも、僕には甘えてくれていい。というよりも、積極的に甘えてほしい。だって君はなにもほしがらないし、なんの要求もしないので、時々僕のほうがこれでいいのかと不安に――」

「嫌だ」

つい引ったくるような口調になってしまい、しまったと思ったがもう遅い。加賀谷は驚いた顔でこちらを見ていて、蓮は内心で焦った。

「あ、ごめん。けど、くせになるし」

無意識に甘え癖がついて、自分で気づかないまま加賀谷に愛想を尽かされたらと思うと怖い。それに誰かに頼ったり甘えたりするのは元々苦手だ。自分は昔から一人で立ってきたし、加賀谷のことは好きだが、それがないと駄目な自分になるのは困る。甘やかされるのがくせになって、手放せなくなったあとに捨てられるなんて想像するだけできつい。

横顔に加賀谷の視線を感じる。なにか言われたら、ごめんと笑って誤魔化そう。けれど加賀谷はなにも言わず、代わりにこめかみにキスをされた。

「僕は、たまに自分が歯がゆくなります」

「なんで」

「僕には、足りないものが多すぎるので」

「足りなくないだろ。あんたは色々持ってるじゃん」

学も、金も、社会的地位も、なんでもそろっている。地味だし、派手なところは一つもないが、そういうところも『らしい』と思う。足りないのは自分のほうだ。

「そうですね。僕はとても恵まれている。これ以上望むのは贅沢《ぜいたく》です。それでも、与えられたものがほしかったものだとは限らない。いいにつけ、悪いにつけ」

加賀谷の話は、たまに抽象的で分かりにくいときがある。

「具体的に、あんたはなにがほしいの」

「透くんがほしい」

「もう手に入れただろ」

「もっとほしいんです」

真剣な目で見つめられ、蓮は首をかしげた。

「ベッド行く?」

とりあえず、そう聞いてみた。でも加賀谷が困った顔をしたので、間違えたのだと分かった。加賀谷との会話はたまに難しい。言葉の裏に言葉以外のなにかを隠されても、学のない自分には理解できない。ほしいと言われたら、ストレートに受け取ってしまう。

「あんたは俺が好き?」

「もちろん」

「俺も好きだよ。俺は毎日ここであんたを待ってるし、掃除をするし、飯も作るし、セックスもする。それ以上になにがほしい? なにがしたい?」

自分が持っているもので、加賀谷が望むものなら、なんでもくれてやる。だからハッキリと口に出して要求してほしい。しかし加賀谷はますます困った顔をした。

「僕は、透くんの笑ってる顔がほしいです」

「笑ってる顔?」

問い返した。そんなもの……と思ったが、言われてみれば、自分は確かにあまり笑わないかもしれない。なるほど。別に笑顔くらいいつでも作れる。頬に力をこめたときだ。

「いいんです」

加賀谷が言った。

「無理にはいいんです」

もう一度、訂正して繰り返す。笑ってほしい。でも無理にはいらない。じゃあ今、この瞬間をどうしていいか分からない。考えていると、骨のおもちゃに飽きたクーがやってきた。もう構ってくれていいよと自分からじゃれてくる。

「クー、少し大きくなったと思わねえ?」

ふかふかの前足を持って、握手みたいに上下に揺すった。どう思うと加賀谷にも見せてみる。会話に手詰まったとき、ペットはいい潤滑剤になる。沈黙を洗い流そうとしているのが伝わったのだろう、加賀谷もニコッと笑ってクーの頭を撫《な》でた。

「クーはこれからどんどん大きくなりますよ。クーは身体に比べて足が太いでしょう。これは将来大きく育つ証拠なんです。きっと散歩が大変になる」

「へえ、そうなんだ。じゃあ飯代もかかるだろうな」

のんびり他愛ない話を続けているフリで、どこか噛み合っていない感じがした。テストで間違えた問題を、復習せずに放置してしまったような。次に同じ問題を出されても、きっとまた間違うだろう。こういう些細《ささい》なことが積み重なって、恋や愛は壊れていくのかなと思った。

まるで慎重さのない子どもの積木遊びみたいに。

分からないところはいちいち問い質して、答え合わせをしていったほうがいいんだろうか。でも面倒くさがられたりしないだろうか。どっちがいいのかよく分からない。蓮は恋をしたのは加賀谷が初めてなのだ。

なんとなく心細くなって、蓮は加賀谷の肩に頭を置いた。どうしましたとのぞき込んでくる男に自分からキスをして、そのまま毛足の長いラグの上に押し倒した。何度も口づけている間に、重なった身体の間で加賀谷の欲望が頭をもたげてくる。

「風呂、行こうか」

ねだるように耳元で問いかけた。

バスルームの壁に手をつくと、固く閉ざされた場所に指が差し込まれた。

声が漏れそうになり、慌てて唇を噛む。シャワーを出しっぱなしにしているので、薄目を開けても湯気で視界はぼんやり霞んだままだ。異物が奥へ奥へと進んでくる。

色んな男と、幾度も、飽きるほどしたことがある行為。でも、加賀谷の指はそういうものとは違う。手順はいたってオーソドックスで、特に変わったこともしないのに――。

「……んっ」

浅い場所で指を曲げられ、思わず声が出た。

そこを何度もこすられると、手のひらから足の裏まで熱くなる。潤滑剤をつぎ足されながら、狭い場所を少しずつ広げられる。ぬめりをまとった指が出入りのたびにいやらしい音を立て、そこが熟した果実みたいにドロドロに溶けていく。

「や、そこ、やめ……っ」

強くその場所を押されて、必死で首を振った。強烈な快楽から逃れたいのか、それじゃ足りないと訴えているのか、自分でもよく分からない。

「……んうっ」

胸の粒に触れられて顎《あご》が反った。円を描くような刺激に、淡く色づいた中心が芽吹き出す。尖《とが》りを押しつぶすようにこねられ、小さな器官が熱を持ったようにジンジンと疼《うず》きはじめた。後ろの快感と合わさって、身体の温度をどんどん上げていく。

下肢全体が甘く痺《しび》れて、一刻も早く吐き出してしまいたい欲求にかられる。

熱のこもる息を継ぐ間、早くと、声に出してしまったかもしれない。

背後から指が出て行き、潤滑剤を追加された。小さな尻《しり》を左右に押し開かれ、普段は閉じられている場所を露《あら》わにされる。先端をあてがわれ、期待感にゾクゾクした。

「……っ、あ、ああ……」

加賀谷が入ってくる。ゆっくりと挿《い》れられる途中、ときおり腰を揺すられる。より深く侵入される感覚がたまらなくて、許しを乞《こ》うような頼りない声が出てしまう。

「……大丈夫ですか?」

後ろからうなじにキスをされた。何度も何度も、あやすような口づけが恥ずかしくて首を振る。唇は大人しく離れて行き、代わりに軽く腰を揺さぶられた。

「んっ、ぅんっ、あ……」

小刻みな揺れに、理性をじわじわと崩される。息さえ甘ったるく蕩《と》けて、口を塞《ふさ》ごうとしたが、手をつかまれてバスルームの壁に押しつけられた。

ゆっくりと引き抜かれ、抜け落ちる寸前で、また奥まで入ってくる。そのまま腰を回されて、潤んだ内壁をかき回される感覚に声が引きつった。壁と加賀谷に挟まれて、身動きできない状態のまま揺れは激しさを増していく。

「あっ、あっ……聡、さとっ…」

背後を貫かれながら、はち切れそうに膨らんだ性器をやんわりと握り込まれた。上下する手の動きに合わせて、クチュクチュといやらしい音が立つ。立っていられず、ズルズルと腰が落ちていき、自分から尻を突き出すような格好になってしまった。

「やっ、もう、あ、ああ……っ」

視線の先に、加賀谷の手に捕らわれた性器が映る。たらたらと蜜《みつ》をこぼしている鈴口を長い指がえぐる。強烈な快感に、頭の中が真っ白になった。

「や、まだ……っ、あ、ああっ」

放つ最中も律動は止《や》まない。膨らむばかりの快感に理性は蒸発して、無意識のうちに内側がビクビクと加賀谷を締めつける。背後で加賀谷が息を詰めた。呑《の》み込んだものが圧迫感を増し、身体の奥にどくりと熱が注がれるのを感じた。

「あ、いや、だっ……それ……っ」

放出のタイミングに合わせて、ぐっぐっと奥を突かれる。注ぎ終えても、まだ奥へと塗り込めるように腰を回される。そのたび内側の液体がくちゅくちゅと音を立てる。

「……透くん」

高ぶりをそのまま形にしたような、熱っぽくかすれた声で名前を呼ばれた。つながりをほどかないまま濡《ぬ》れた肌がピッタリと密着して、内にも外にも加賀谷の熱を感じる。無条件に気持ちいい。ずっと、ずっとこうしていたい。

呼吸が収まるのを待って、湯をためておいたバスタブに二人で浸かった。湯気の充満したバスルームでは息がしづらくて、身体もくったりと重くなる。後ろから加賀谷に抱かれる格好で、ぬるめの湯に浸かっているとウトウトしてきた。

「こんなところで寝たら、溺《おぼ》れますよ」

「……ん」

ぼんやりと薄目を開けて、湯気でけぶる天井を眺めた。いい香りのする湯の中で、加賀谷に抱きしめられて、身体には快楽の余韻が残っている。

「……ずっとこうしてたいな」

「ずっとこうしていましょう」

行為の余韻で、いつも優しい加賀谷の声が一層甘く鼓膜を震わせる。

後ろから耳たぶにキスをされた。すごく幸せだ。なにも不足がない。なのに、そういうときほど、今みたいな時間はいつまで続くだろうと考えてしまう。

よくよく不幸が板についているのだと、自分にうんざりしてしまう。

加賀谷を愛してしまってから、生きることは数段難しくなった。

人を騙《だま》して金を手に入れていたときのほうが、ずっと楽で、ずっと簡単だった。

翌日、バイト先の洋食屋に行くとキッチンに女が入っていた。

新山が仕込みの手を止め、キッチンから出てくる。

「こっち、俺の嫁さんで——」

「早苗《さなえ》です」

背の高い、ほっそりとした女が続きを引き取って頭を下げた。蓮も自己紹介をして、顔を上げると早苗と目が合う。外されない。不安そうにじっと見つめられる。

ピンと来た。こういう目を向けられるのは慣れている。

蓮が施設出だと知ったとき、あるいは刑務所出だと知ったときの同僚たちの目だ。もちろんみんながそうだったわけじゃないけれど。

「挨拶《あいさつ》だけしたいっていこいつが言うからさ。じゃ、早速仕事に入ってもらうか」

固い空気を察して、新山が明るい口調で言った。とりあえずざっと流れを説明するからとキッチンへ蓮を案内しようとする。それを早苗が止めた。

「その前にスタッフルームでしょう。着替えもしてもらわないと」

「あ、そうだな。じゃあ小野寺《おのでら》くんあっちに――」

「私が案内するわ。あなたは仕込みをしておいて」

早苗が言い、新山の返事を待つこともなく奥へと向かった。

「悪いけどロッカーはないの。うちは特に制服もないし、あんまりな服装でさえなければ私服に黒のエプロンをつけてもらうだけ。タイムカードはここね」

早苗の説明はてきぱきとしていて、余計な会話は一切ない。最後に、じゃあこれと紙袋を手渡された。自宅でアイロンをかけたらしい黒のエプロンが入っている。慎《つつ》ましい印象で、新山夫婦の暮らしぶりが見えた気がした。

「じゃあ次はフロアね。接客を一通り教えるわ」

「あの」

出て行こうとした早苗に声をかけた。早苗が立ち止まり、振り返る。

「……なに?」

さっきまでのキビキビした印象はなく、恐る恐るという感じがした。

「頑張るんで、よろしくお願いします」

深く頭を下げると、早苗は戸惑うように目を泳がせた。こちらこそとか、頑張ってねとか早口に言い、逃げるようにスタッフルームを出て行った。

そのあと、フロアの仕事を教えてもらった。オーダーの取り方や、キッチンへの伝え方を早苗はまたてきぱきと説明していく。横顔は最後まで固かった。

「悪いな、あいつも愛想ないほうだから」

早苗が帰ってから、新山がバツが悪そうに言った。蓮はいいえと首を横に振った。前科のある男相手に、女性はあれくらい警戒してちょうどいい。

「じゃ、開店まではキッチンに入って俺の仕事を手伝ってもらおうかな。そこのイモ茹《ゆ》でてマッシュにして――あっと、料理は？」

「できます、簡単なことなら」

蓮は大鍋《おおなべ》に水を張り、沸くのを待たず、すぐに泥を落としただけのジャガイモを皮ごと入れた。新山は満足そうにうなずき、自分の作業に戻った。

朝からランチタイムが終わるまではかなり忙しかった。前を通っているだけでは気づかなかったが、ここは弁当もやっている。昼時に受け取りに来る客が多く、店内での客への対応も合わせると夫婦二人でよく回していたものだと感心した。

バイトが終わる四時まで、蓮はほとんど休憩を取らずに働いた。蓮に前科があるのを承知で、新山は蓮を雇ってくれた。恩を返そうとか大げさな気持ちはないが、自然と仕事に身が入った。

バイトをはじめた週の日曜日、久しぶりに寝坊をした。

昨日、忘年会で遅かった加賀谷は、蓮の隣でまだスウスウと深い寝息を立てている。今のうちに朝食の準備をしておこうかと思ったが起き上がれない。久しぶりに働いて、身体はともかく気持ちが疲れた。けれど二度寝するほどでもない。

蓮はベッドに頬杖で、加賀谷の寝顔を眺めた。

ポカンと小さく開いた口や、うっすら生えているヒゲ。

出会ったときは地味なだけの印象だったのに、今は全体的に悪くないと思う。人の顔がそうそう変わるはずはないので、変わったのは自分だろう。恋をしているのだ。見つめているだけで、幸せと同量の切なさに息苦しくなるほど——。

ふいにチャイムが鳴った。日曜の朝から誰だろう。続けて二度目が鳴り、加賀谷がピクッと眉を動かす。蓮は慌てて身体を起こした。

「はい、どちらさまですか」

インターホンのカメラには和服の女性が映っている。

「加賀谷でございます」

「は？」

「加賀谷聡の母でございます」

もう一度言われ、心臓が早鐘を打ち出した。お待ちくださいとインターホンを切り、玄関へ走った。ドアを開けると、こっくりしたうぐいす色の着物を着た女性が立っていた。六十代前半くらいか、すっとした立ち姿が水仙の花を思わせる。

「あ、あの、聡は、いえ、加賀谷さんはまだ寝てて……」

とりあえず中へ招き入れる蓮の前で、母親は静かに草履を脱いだ。そうして案内を待たずにリビングへ行き、蓮の目の前でパタンと扉を閉めた。自分の家なのに急によそよそしく感じられる廊下を引き返し、寝室に行って加賀谷を起こした。

「……母が?」

加賀谷は眉を寄せた。

「困った人だ。昨日ちゃんと断ったのに」

難しい顔で溜息をつき、加賀谷はベッドから下りた。真っ直《ま》ぐ《す》リビングに行くかと思いきや、洗面所に入って顔を洗い出す。特別急いでいる様子はない。

「なにのんびりしてんだよ。早く行って相手してくれよ」

「向こうが勝手に来たのですから、支度をする間くらい待たせておけばいいんです。第一パジャマで出たら、そっちのほうが気を悪くする人ですよ」

そう言われて、蓮はハッと自分の姿を見た。慌てていたので思いっきりパジャマのままだ。いつもの日曜ならとっくに起きているのに、よりによって――。

「君は気を遣わなくて結構です。あの人の相手は僕がしますから、でも、もしよければ同席だけはしてください。きちんと紹介します」

「……俺のこと、もう色々知ってんだよな？」

　加賀谷は困った顔をした。

「黙っていて、すみませんでした」

　どれだけ隠しても、こういうことはなんとなくバレてしまう。息子が誰かと暮らしていることに気づき、加賀谷の母親はどんな相手なのか調べさせたらしい。

「君はなにも心配することはありません。僕たちは大人で、自分たちの責任の範囲で生きている。それを今さら親がどうすることもできません」

　蓮はうなだれた。加賀谷の言うことは正しい。でも正しさだけでは人の感情は片付かない。身支度を調え、加賀谷について蓮もリビングへ向かった。親子が向かい合うソファには行かず、キッチンでコーヒーの用意をした。会話が聞こえてくる。

「こんな時間まで寝ているなんて、どういう生活をしていらっしゃるの」

「昨日は忘年会で遅かったんですよ。お母さんこそ、日曜の朝から連絡もせずになにごとですか。会うなら外でと、昨日お願いしたはずです」

　親子だというのに二人は敬語で話す。少なからず驚いた。

「外でできる話ではないと言ったでしょう」

蓮はコーヒーを持ってソファへ向かった。どうぞとテーブルに置いても、母親はチラリともこちらを見ない。やっぱり自分はいないほうがいいと思ったが、

「透くん、こちらへ」

加賀谷に座るように促され、仕方なく隣に腰を下ろした。

「お母さん、紹介します。僕がおつき合いをしている小野寺透くんです」

加賀谷が蓮と母親、交互に視線をやった。蓮が軽く頭を下げても母親は無反応で、脇《わき》に置いていた優美な柄の布包みをほどき、薄い本のようなものを取り出した。

「お見合いいなさい。素敵《すてき》なお嬢さんよ」

頭が真っ白になった。続いて心臓が不穏に騒ぎ出す。

いずれ加賀谷の家とは揉《も》めることになるだろうと予想していた。同性同士、しかも前科のあるチンピラ崩れなど賛成してもらえる要素がない。覚悟はしていたはずだ。なのにいざとなると、ひどく焦っている自分が滑稽《こっけい》に思えた。

ちらっと隣を見ると、加賀谷はあからさまに嫌な顔していた。膝の上にしっかりと両手を置き、差し出された釣り書きを受け取るのを全身で拒否している。

「お母さん、僕は今、透くんと一緒に暮らしているんです」

「別れろとは言っていません。ただ、結婚もなさいな」

母親は表情を変えることもなく、テーブルの上に釣り書きを置いた。

「意味が分からない」

「分かるはずです。あなたは加賀谷の長男なんですから」

「家も病院も賢司《けんじ》が継ぐんでしょう。今さら僕には関係ない」

「家族の一員として、家の恥になることは慎んでほしいとお願いしているの。結婚したから遊べなくなるということはないでしょう。家は家、外は外と区切ればいいの」

加賀谷はますます眉間《みけん》を寄せる。

「そういう考え方は嫌いです。お母さんの言う通り、愛のない結婚をしたとして、一体誰が幸せになれますか。妻になる人も含め、みんなが不幸になるだけだ。そのことは、あのお父さんと結婚したお母さん自身が一番身に沁《し》みているでしょうに」

痛烈な皮肉に母親が目を見開いた。まさか加賀谷がここまでハッキリ言うとは思わなかったので蓮も驚いた。しかし母親はすぐに我に返って表情から険を消した。

「……聡さんは、お父さんにそっくりね」

菩薩《ぼさつ》のように、うっすらとした笑みを口元に浮かべる。

「一見立派なことを言っているようだけど、実は我が強いだけ。自分がしたいことはなにも我慢せず、家族の迷惑を少しも顧みない。勝手なところがそっくり」

「お母さん、僕は――」

加賀谷がなにか言おうとする前に、母親が制した。

「ねえ聡さん、よく考えなさいな。男性同士で一つ屋根の下に、それも前科のある人と暮らす。こんなことが知れたら、恥をかくのはあなたですよ。信用は一度失ったら簡単には取り戻せないの。色んな場面で支障が出るわ。そのとき後悔しても遅いのよ」

うなだれたまま、蓮は顔を上げられなかった。家族の迷惑。恥。信用を失う。全て本当のことだ。反論はしない。できない。ただ、早くこの時間がすぎてほしい。

「相手のお嬢さんはね、来年の春に大学を卒業なさる予定で、今どき珍しいほど浮いたお話のない方なの。聡さんの好みのままにお育てになればいいわ」

「……お母さん。お母さんの期待を裏切ってしまったことは心苦しく思っています。でも今の僕には、家の名誉や恥なんかよりも、ずっと大事な人がいるんです。その人を傷つけたくないので、もう帰ってください」

加賀谷の口調はあくまで冷静で、母親も口元の笑みを崩さない。けれど空気がピリピリしているのが伝わってくる。無言の時間が過ぎ、母親が静かに立ち上がった。

「お見合いは来週の日曜です」

「僕は行きません」

「まあ、相手のお嬢さんがお気の毒なこと。お見合いをすっぽかされたなんて、そんな不名誉な噂《うわさ》が広まったら、ずいぶんとおつらい思いをされるでしょうね」

険しい表情の加賀谷に、母親はほほえんで「待っていますよ」と背中を向けた。見送ろうと立ち上がった蓮の腕を、座ったまま加賀谷がつかむ。

「いいから、ここにいてください」

暗くて硬い表情。いつもの加賀谷とは違う。引かれるまま腰を下ろしたが、蓮は言葉が出てこなかった。黙っていると、加賀谷が蓮の肩に頭をもたせかけた。

「……すみませんでした」

「いいよ」

一つ溜息をつき、蓮も加賀谷に寄りかかった。二人で同じ方向を向き、窓が八個開いたアドベントカレンダーを見つめる。ひどく心を消耗していた。

結局、母親は一度も蓮を見なかった。ここに来てから帰るまで、見事なほどに無視を貫いた。めざわりな虫を払うこともせず、存在自体をなかったことにされた。別にそれはいい。あの母親には蓮の育った環境など理解できないだろうし、こっちも理解してほしくもない。ただ、そういう扱いをされてしまう自分の身の上に——止めよう。これ以上は考えるな。考えても、今さら別の人間に生まれ変われるわけじゃない。

「……なあ、腹減らない？」

食欲などないけれど、この空気を払うためにそう言った。

「昼だし、なんか食いに行こうか」

のぞき込むと、加賀谷がこちらを見た。なにも言わず、ただじっと見つめられて落ち着かなくなってくる。蓮は加賀谷から身体を離した。

「外に出るの面倒くさかったら、なんか適当に作るよ」

「食事よりも、先に話をしませんか」

嫌だ。反射的に身を固くした。加賀谷の顔はひどく真剣で、こんなまま話をしたら、『見合い』がすごく大事になってしまう。そんなこと、大したことじゃない。大したことじゃないと思い込みたい。馬鹿な話だと軽く笑い飛ばしてほしい。

「見合いなら、行ってきたらいいよ」

なんでもないことのように言うと、加賀谷がピクリと眉を動かした。

「見合い＝即結婚ってわけじゃないんだろう。会って断ればいいだけの話じゃん」

同意を求めて笑いかけると、加賀谷はハッキリと眉根を寄せた。

「そういう問題ではありません。僕の話を聞いていたでしょう。結婚の意思もないのに見合いをするなんて馬鹿げている。相手の女性にも失礼です」

「そりゃそうだけど、あんたの母親は絶対に引かないと思うよ」

「だから僕に引けと？　見合いをしろと？　それでなにがどうなりますか？」

加賀谷は早口になり、空気がピリピリしはじめる。どうして自分たちが言い合いをしなくてはいけないんだろう。これじゃあの母親の思うつぼだ。

「あのさあ、あんたがそうやって意固地だから、向こうもムキになるんじゃねえの。ちょっと孝行息子のフリで見合いしてやれば向こうもとりあえずは気がすむって。毎日家に来られるわけじゃないんだし、一日だけと思って我慢してやれよ」

蓮は笑った。笑うことで自分を騙せる気がした。こんなことはなんでもないと。自分はなにも傷ついてないし、加賀谷との関係になんの危機も訪れていない。自分たちはいずれ壊れるかもしれないけれどそれは今じゃない。そう思いたかった。

しかし加賀谷は憮然《ぶぜん》と言った。

「笑わないでください。不愉快です」

きつい物言いに硬直すると、加賀谷はハッと表情をゆるめた。

「すみません、つい……。でも僕には君の気持ちが分かりません。これが逆の立場なら、僕は笑えない。絶対に見合いなんてしないでほしいと頼みます。いくら結婚の意思がないと言っても、そんなのは好きな人への裏切りです」

「大げさだよ」

「そうでしょうか。一緒に暮らしている恋人が自分以外の誰かと見合いをする。それは裏切りに当たらないんでしょうか。不愉快に思う僕が非常識なんでしょうか」

「……そうじゃねえけど」

加賀谷と自分では、物事の切り抜け方が違う。加賀谷は真正面。自分は脇道。もちろん自分が愚かなことは分かっている。ショートカットキーのように手早く気分を切り替えても、それは先々もっと大きな問題となって自分たちの前に立ちふさがる。

「どうして君は怒らないんだろう」

途方に暮れたように加賀谷が言った。

「自分という存在を否定されて、腹が立たないんですか？」

立つに決まってるだろう。でも怒れない。加賀谷の母親の言うことは極端で、抜け落ちているものもたくさんあるけれど、大まかなところで否定できないものを含んでいた。否定できない現実に対して怒ると最後には惨《みじ》めになる。

「あんたの親の言い分、少しは分かるよ。だって俺は……」

恋人の親の前で、胸を張れるものがなにもない。

怒りを露わにできるほど、清廉潔白な人生を送っていない。

「俺は？」

生真面目に問いかけられて、察してくれよという言葉を辛うじて呑み込んだ。

蓮がロクな人生を歩んでいないこと、それを引け目に思っていること。ゴミ溜《た》めみたいな人生だったからこそ、酸っぱい葡萄にも似たプライドだけが頼りなこと。不満も弱みも全部ぶちまけて、それでもそばにいてほしいと言える人間ではないこと。

沈黙が重みを増してきて、蓮は誰も手をつけないまま冷えきったコーヒーカップを盆に載せた。黒くて苦い水をたらたらシンクに流していると加賀谷がやって来た。

「……すみません。少し興奮しました」

「謝るなよ。あんたは悪くないいんだから」

「でも君も悪くない」

だったら、どうしてこんな気まずいことになっているんだろう。スポンジに洗剤をつけていると、後ろから抱きしめられた。髪に顔を埋《うず》めるようにキスをされる。

「来週、お見合いに行ってきます」

「うん」

「ちゃんと断りますから」

「……うん」

少しだけうなだれると、加賀谷の腕に力がこもった。

「僕は君がとても好きです。それだけは忘れないでください」

「……うん」

うなずきながら、以前も似たようなことがあったことを思い出した。服役する前、詐欺師として加賀谷に接していたときだ。今からでも遅くないと進学を勧められて言い争いになった。あのときも、今も、自分は似たようなことをしている。

卑屈な自分を見透かされないよう、必死に虚勢を張って空気を悪くする。

自分がちっとも変わっていないことを知って、ひどく情けなくなった。

見合いの日、加賀谷はいつもと変わらないスーツ姿でマンションを出て行った。ベランダから見送っていると、木々の隙間から加賀谷が歩いていくのが見えた。駅までは公園を抜けていくのが早い。ふと加賀谷が立ち止まり、蓮は慌てて顔を引っ込めた。

なんとなく、加賀谷が振り向きそうな気がしたのだ。

しばらくしてからそうっと覗くと、加賀谷はもう歩き出していた。

小さくなっていく姿を見送っているうちに、今日でお別れのような錯覚に陥った。自分から見合いを勧めたくせに、それがきっかけで加賀谷が自分から離れてしまうかもしれないと怯《おび》えている、自分が滑稽だった。

蓮はベランダの手すりにもたれ、背を反らして空を見た。

見合いがどういう手順で行われるのか、ぼんやり想像してみる。

明るい光の差し込むレストランで食事をし、お互いの趣味や仕事などを話し、仲人や身内のオバサンがいて、あとはお若い方たちだけで……と笑って消えるのだ。

古くさいイメージだが、加賀谷にはピッタリだ。

今日はとても天気がいい。ホテルの庭もさぞきれいだろう。

相手の女は振《ふ》り袖《そで》を着てくるだろうか。それとも清楚《せいそ》なワンピースか。顔はきれいだろうか。なに不自由なく育てられているから、よくも悪くも性格は大らかだろう。しっかりと躾《しつけ》られているので、振る舞いもきっと上品だ。

加賀谷はかわいいな、などと思うかもしれない。上手く行ってないチンピラ崩れの自分など面倒になって、その女と結婚を決めてしまうかもしれない。そうなったらここを出て、引っ越して、クーは自分が引き取ることになるだろうからペット可の物件を――。

――俺、なに考えてんだ……？

溜息をつき、蓮は部屋に戻った。正面からぶつかって揉めるのが嫌さに、なあなあで誤魔化してしまった。そのツケが早くも来ている。みっともなく縋《すが》りつくのは嫌で、悟ったような斜めな態度を崩さなかった。内心ではひどく焦って怯えていたくせに。

蓮はクーを連れて公園へ散歩へ出かけた。一人で家にいたら暗いことばかり考えてしまう。明るい茶色の枯葉の上でクーは飛び回り、転がって遊んだ。

「こら、変なもの食うな」

枯葉の下に鼻先を潜り込ませて、はぐはぐと口を動かしている。虫だったらやばいと抱き上げると、ジタバタと嫌がられてムカッとした。

「ああ、そうか。だったらもう気がすむまで食え。その代わり、虫だったらもうキスしてやらないからな。撫でてもやらないぞ。それでもいいんだな」

犬に言葉は通じない。しかし叱《しか》られていることだけは理解できるようで、クーはお座りの姿勢でしゅんとした。途端、自分が八つ当たりをしていることに気づいた。

「ごめん。本気で怒ったんじゃないから、な」

頭を撫でてやると、クーは真っ黒な目で蓮をじっと見た。少しだけ首をかしげ、屈んでいる蓮の膝に手をちょんと置く。なんだか慰められているような気がして、自分が情けなくなった。うなだれると、真っ赤なハート型の枯葉を見つけた。

——髪飾りみたいで、とてもかわいらしかったのに。

そう言ってくれたときの加賀谷を思い出し、同じように指先でハート型をクルクルと回した。駄目だ。なにをしていても、どこへ行こうと、思考が加賀谷へ流れていく。

「……あの、あなたもしかして」

顔を上げると、先日ここで介抱したおばあさんが立っていた。

「やっぱりそうだわ。このあいだはどうもありがとう」

「ああ、いや、別に」

「まあ、かわいいワンちゃんねえ。よしよし、お名前はなんて？」

「クー……です」

距離の取り方が分からず、中途半端な敬語になった。おばあさんは「そう、クーちゃんですか、いい名前ですねえ」とクーの頭を撫でた。それだけであとの会話が続かない。詐欺師時代、仕事だと思えばどんなキャラクターでも作れたし、甘い言葉もささやけた。けれど素の自分に戻れば、ただの愛想の悪い若い男だ。

「そういえばねえ、娘にこの間のこと話したらすごく怒られたのよ」

クーを撫でながら、おばあさんが言った。世間話は得意じゃない。面倒くさいなと思いつつ、とりあえず儀礼的に「なんで」と尋ねた。

「もう元気じゃないんだから、あんまり人さまに迷惑かけないようにって」

なんとなくムッとした。

「偉そうだな。急に体調崩すことくらい誰でもあるだろ」

わずかな間のあと、おばあさんはそうねえと楽しそうに笑い、蓮はバツが悪くなった。自分こそ誰かをとやかく言える人間じゃない。赤の他人だと思って強気になったのだ。

「いつの間にかこんなに縮んじゃったけど、身の回りのことはまだまだ自分でできるのよ。お米とか水とか、重い買い物が億劫《おっくう》なくらいでね」

「ふうん」

「年を取るって嫌ね。誰かの手を煩わせるくらいならポックリ逝《い》っちゃいたいわ」

「へえ、俺と一緒だな。俺も昔からずっとそう思って生きてる」

おばあさんはキョトンと蓮を見て、若い人がなに言ってるのと言った。おばあさんの小さな手に、クーが頭をグイグイこすりつけている。撫でろと命令しているのだ。

「まあまあ、いい子ねえ。ご主人様に似て賢いのねえ」

独り言みたいに呟き、おばあさんはクーを撫でる。

いい子ねえ。いい子ねえ。子守歌みたいに優しい声だ。

クーを介して、並んでしゃがみこんでいるおばあさんと蓮を、散歩中の人たちがたまにチラッと見ていく。みな柔和な目だ。老人と子犬と青年。自分たちはどういう関係に映るんだろう。仲のいい祖母と孫だろうか。どちらも寂しい他人同士だけれど――。

「ねえ、あなた時間ある?」

蓮は首をかしげておばあさんを見た。

「この間のお礼。いただきもので、おいしいお菓子があるから家に来ない?」

普段なら断っていた。今も特に行きたいわけじゃない。面倒くさい。

でも、それ以上にひどく人恋しかった。


おばあさんの家を出たのは七時前だった。加賀谷はすぐ帰ると言ったが、もし帰ってこなかったらと思うと怖くて、なかなか帰宅する気になれなかった。

たくさん遊んでへばってしまったクーを胸に抱き、蓮は公園を通ってノロノロとマンションへの道を辿った。途中、葉を落とした木立の隙間から見上げると、マンションのベランダに灯《あか》りが見えた。

帰ってきている。瞬間、蓮は駆け出していた。

焦っているのでなかなか鍵《かぎ》が入らない。そうしているうちに向こうからドアが開いた。加賀谷はもう部屋着に着替えていて、いつもと変わらない風情で立っている。

「おかえりなさい、遅かったですね」

「悪い。ちょっとクーの散歩に」

「ずいぶん遠くまで行ったんですね。ふふ、クーは疲れておねむだ」

加賀谷は寝ているクーを蓮の胸から抱き上げ、スピスピ鳴っている鼻にキスをした。

「見合いはどうだった？」

問うと、加賀谷は首をかしげた。

「断りましたが？」

「どうやって」

「事実を述べただけです」

加賀谷はこともなげに答えた。なんの気負いも感じられない。

「僕は同性しか愛せない種類の人間だということ。今は好きな男性と一緒に暮らしていること。だからあなたと結婚できない、申し訳ありませんと正直に謝りました」

「バ……っ、そんなことして変な噂が広まったらどうすんだよ」

「本当のことなので僕は構いません。でも相手のお嬢さんに迷惑がかかるかもしれないので、二人きりになってから打ち明けました。最初は驚かれましたが、なんだか少し変わったお嬢さんで、そうですかと機嫌よく帰って行かれましたよ」

「機嫌よく？」

「ええ。恐らく向こうも結婚の意思がなかったんでしょう。義理で来た、もしくは僕に全く男としての魅力を感じなかった。恐らく両方だと思います」

他人事のように笑う加賀谷を前に、蓮の肩からすとんと力が抜けた。

「透くん、それよりどこかへ食事に――」

話しながら、加賀谷の腹がぐーっと鳴った。

「腹、減ったの？」

「断り文句を考えるので精一杯で、お昼はロクに食べられなかったんです」

加賀谷は恥ずかしそうに笑った。瞬間、胸がぎゅっと締めつけられた。

「買い物、行ってくる」

「え？」

「冷蔵庫カラッポだから」

言いながら、蓮はもう踵《きびす》を返していた。

「いいですよ。もう遅いのでどこかに食べに行きましょう」

「いい、作る」

引き止める加賀谷を無視して、蓮はマンションの廊下を走った。エレベーターを使わず階段を駆け下りて、外灯だけの暗い公園をざかざかと早足で歩いた。

歩きながら目や鼻の奥にじんわりと熱がこもってくる。唇を強く噛む。けれどこらえきれない。視界がじわりと滲《にじ》みはじめ、蓮は乱暴に目元を拭《ぬぐ》った。

見合いに行ってこいと言ったのは自分なのに、もう加賀谷が帰ってこない気がして一日中不安だった。でも加賀谷はちゃんと帰ってきた。馬鹿正直に、言わなくてもいいことまで相手に打ち明けて、きちんと見合いを断ってきた。

加賀谷は馬鹿だ。頭はいいのに、世渡りが上手くない。

加賀谷は誠実だ。普段は穏やかなのに、いざとなると引かない強さがある。

上辺ばかり繕っている自分とは正反対だ。


翌日、バイトから帰ってくると、部屋の前に知らない女が立っていた。蓮を見て軽く頭を下げる。また加賀谷の身内だろうかと咄嗟《とっさ》に身構えた。

「加賀谷聡さんのお宅でしょうか」

「そう、ですけど？」

女はパッと顔を明るくさせた。

「私、田之倉《たのくら》万里《まり》と申します。昨日、加賀谷さんとお見合いをした――」

心臓をつかまれたかと思った。万里は硬直する蓮に笑いかけた。

「お住まいは聞いていたんですけど連絡先が分からなかったので、いきなり訪ねてきてしまってごめんなさい。あの、あなた、加賀谷さんと暮らしてらっしゃるかた？」

「……そうだけど」

「よかった。私、あなたにも話があって来たんです」

廊下で立ち話もできず、蓮は万里を部屋に招き入れた。キッチンでコーヒーを淹《い》れながら、万里の来訪を告げるメールを加賀谷に打った。もう駅なので、すぐに帰ると返事が来た。チラッとリビングに目をやる。万里はソファに座り、クーを膝の上に抱き上げて頭を撫でている。先日の母親に比べると、好戦的でもなくごく普通の態度だ。

「聡に連絡しといた。もうすぐ帰ってくると思うから」

コーヒーと一緒に、手土産にもらったケーキを出した。

「ありがとう。加賀谷さん、びっくりしてらしたでしょう？」

それよりなんの用だ、とは怖くて聞けなかった。やはり加賀谷を気に入って、もう一度考え直してほしいと食い下がりに来たんだろうか。勝手な想像に胸が泡立つ。

万里はきれいな女だった。上品なベージュに塗られた爪から、毛先までよく手入れされたつややかな髪。薄化粧が引き立つ整った容姿――。

「あなた、とてもきれいね」

一瞬、考えていることを読み取られた気がした。

「……俺？」

「そうよ。加賀谷さんが言ってた通り、すごくきれい」

にっこりほほえまれ、蓮はすっと表情を消した。

「あ、そんなに警戒しないで。知ってると思うけど、お見合いは断られました。そのときつい好奇心で、パートナーはどんなかたですかって聞いたら、顔も心もきれいな人ですって言われたの。たくさん苦労をしたのに、頑張り屋で根が優しいって」

万里は膝に載せたクーを美しい手で撫でた。

「私、加賀谷さんを奪いに来たわけじゃないのよ。あ、形としては奪いに来たのかもしれないけど、でもきっとあなたにも悪い話じゃないと思うの」

万里が話をしている途中、玄関から鍵の回る音がした。足音は真っ直ぐリビングにやってくる。ほどなくリビングのドアが開き、加賀谷が姿を見せた。

「ま、万里さん、なぜここへ」

加賀谷はハアハアと息を切らしていた。

「昨日はどうも。突然お邪魔してごめんなさい」

頭を下げる万里に、加賀谷は忙《せわ》しなく言葉をつなげた。

「万里さん、僕の言葉が足らなかったのなら謝ります。お見合いを断ったのは、僕にはすでに好きな人がいるからで、決してあなたに不満があるわけでは――」

「分かってます。その上で私、加賀谷さんと結婚したいと思ったんです」

蓮は目を瞠《みは》った。万里はニコニコと言葉を続ける。

「結婚生活の実態はなくていいんです。加賀谷さんと同じように、私にも好きな人がいます。だから籍だけ入れて、普段はお互い本当の恋人と暮らせばいいと思って」

「……は？」

ポカンとする加賀谷の隣で、蓮はすぐにピンと来た。

「もしかしてあんた、俺らと同類？」

問うと、万里は笑みを消した。蓮を見つめ、真顔で大きくうなずく。

「そうよ、私は女の子が好き。恋人も女だわ」

万里はニコッとほほえみ、悪びれない様子で話を続けた。今回の見合いは、年頃になっても異性の影も差さない娘を心配した万里の両親が熱心に勧めたものだ。とはいえ、まだ大学生の娘を本気で結婚させるつもりはなく、男に免疫をつけさせる意味で、人畜無害そうな加賀谷に白羽の矢が立ったのだと、万里はおかしそうに笑った。

「両親には悪いけど、私は中学のころから同性にしか興味が持てない自分を分かってたし、高校生になってすぐ恋人も作ったわ。もちろん女の子よ。今の恋人は大学の講師をしてるの。同じ大学勤めでも、加賀谷さんとはずいぶんタイプが違うけど」

楽しそうな万里とは逆に、加賀谷はますます混迷の色合いを深めた。

「そんな人がいるのに、どうして僕と結婚を?」

「かくれみのだろ。世間や親をだまくらかすための」

蓮が口を挟むと、万里がこちらを向いた。

「だまくらかすなんて人聞きの悪いこと言わないで。私はただ、なにも知らない人たちに自分たちのことをとやかく言われたくないだけよ。普通に、平凡に、ただ好きな人と一緒にいたいだけなの。あなたたちなら、私の気持ち分かるでしょう?」

もちろんだ。万里の気持ちはよく分かる。でも……複雑な心境で黙り込んでいると、チャイムが鳴った。嫌な予感がする。普段客など来ない家に次々と。もしや加賀谷の母親ではないかと警戒しながら出ると、インターホンから息を乱した女の声が流れた。

「川東《かわひがし》と申しますが、こちらに田之倉万里がお邪魔していませんか?」

「あ、先生だわ。加賀谷さんに会うから先生も来てってさっきメールしといたの」

万里がつき合っているという大学の講師らしい。加賀谷が玄関に出向き、女を伴って戻ってきた。

三十代前半、ラフなパンツ姿が中性的な印象の女だった。万里とはタイプの違う冷たげな美形だ。蓮たちに突然の非礼を詫《わ》びてから、厳しい表情で万里に向かった。

「万里、帰りましょう」

「嫌」

万里はプイと顔を背けた。

「加賀谷さんたちにご迷惑でしょう」

「迷惑じゃないわ。私はいい話を持ってきたんだもの」

「偽装結婚のどこがいい話なの」

「全部よ！」

万里はすっくと立ち上がり、呆気にとられる蓮たちの前で言い争いをはじめた。ほとんど万里が一方的にまくしたて、相手はそれを冷静になだめている。口を挟む隙は全くない。男が口喧嘩《くちげんか》で女に勝てないわけだと、蓮は二人をぼんやり眺めた。

「あっそう！　よく分かりました！」

途中、万里の声が急に高くなった。どうやらキレたようだ。

「どうせ私はバカよ。脳ミソがカップアイスくらいしかなくてごめんなさいね。でも私は私なりに真剣に考えてたの。先生がすごく好きだから、離れたくないから。でもこっちが思うほど先生は真剣じゃないのよ。どうせ私のことなんか――」

パシッと音が響いた。万里はポカンと目を見開く。

「……ぶった」

「あなたが悪いんだから、謝らないわよ」

先生は冷静に告げ、万里はしゃがみこんでボロボロと泣き出した。人の家で止めてくれよと言いたいのをこらえていると、先生が万里の頭にそっと手を置いた。

「とにかく帰りましょう。ここじゃ迷惑だから」

「やだ……、先生、私のこと嫌いになったもん」

「なるわけないでしょう。バカな子ね」

呆《あき》れている反面、その言葉はひどく優しく聞こえた。万里にも充分伝わったのか、子どものようにしゃくりあげながらコクンとうなずいた。

「本当にご迷惑をおかけしました。このお詫びは改めて」

「いえ、お気になさらず」

加賀谷と先生が挨拶を交わす中、万里は恥ずかしそうにそっぽを向いていた。涙でマスカラが滲んで、目の周りを黒くしているくせに奇妙なかわいげがある。

二人が帰ったあと、蓮はテーブルを片付けながらなにげに窓を見た。公園の冬木立の中を帰って行く二人が見える。夜の暗さに紛れて、しっかりと手をつないでいた。

「いきなり来て、散々暴れて帰っていくって台風みたいな女たちだな」

「喧嘩するほど仲がいい、とはあの二人のことですね」

加賀谷が笑いながら後片付けを手伝ってくれる。

「だな。途中からノロケ見せられてるみたいでアホくさくなったよ。あの女、最初はすげえ上品だったのに、先生来た途端、泣くわ喚《わめ》くわ、どんだけ猫かぶってたんだ」

「万里さんにとっては、先生は素を見せて甘えられる相手なんでしょう」

「素ねえ。マスカラはがれてパンダみたいだったけど」

「先生はそんな万里さんもかわいいんですよ。受け止めてもらえることを知ってるから、万里さんも素をさらせる。甘えさせてるのは先生なので、いい関係だと思います」

「ふうん」

「透くんは異論がありそうですね」

「別に、そうじゃねえけど」

安心してよりかかって、急にそれを外されたらこけて痛い目を見る。ベッタリ頼って相手に重いと思われるのも嫌だ。だからなるべく一人で立っていたい。

「透くんの思う『いい関係』とはどんなものでしょう。教えてください」

「いいよ、そういうの。人それぞれだし」

笑って誤魔化すと、加賀谷の顔つきが変わった。

「君は、いつも肝心なことになると濁しますね」

「え?」

「さっき万里さんに『あなたなら、私の気持ち分かるでしょう』と問われて、君はなにも答えなかった。本当のところはどうですか。万里さんの気持ちは分かりますか?」

「……ああ、どうだろうなあ」

偽装結婚の提案。あのとき、一瞬だけそれも『アリ』だと思った。

万里との見合いがまとまらなくても、あの母親はどうせまたすぐ次の話を持ってくる。そのたびギクシャクする自分たちが見える。だったら最初から加賀谷の何分の一かを譲り渡してしまうほうが精神的に楽な気がした。その相手に、同性愛者の万里ならうってつけだ。

けれど、頭で考えているように感情は動かない。

加賀谷の親に自分たちの関係を否定されたとき、覚悟していたにもかかわらずうろたえた。見合いだって自分からしてこいと勧めたくせに、いざ当日になると不安で仕方なくなった。自分は口で言うほど強い人間ではないし、それを素直に認めて、自分の弱さをさらけ出せる人間でもないらしい。それがよく分かった。

「あんたはどうなんだよ。あの女の気持ち、分かる?」

質問することで、質問から逃げた。

「分かります。でもやり方が間違っていると思います。万里さんのやり方は問題から逃げているだけで、根っこはなにも解決していない」

迷いなく答える加賀谷に、蓮はわずかな反発を覚えた。

「けど、いきなりゲイですって告白されても親は受け入れられねえよ。騙すことも親への思いやりって言うか、徹底的に壊れるよりはマシって考えなんだろ」

「大きな不幸がない代わりに、家族や恋人、大事な人がみんな少しずつ不幸。それがいいことでしょうか。正直に話してみれば理解が生まれるかもしれないのに」

「正直にぶちまけてダメだったときはどうすんの。相手を大事だと思うから嘘つくってこともあるんじゃねえの。特に性的なことで揉めるとキツいし……。あんたって見かけと違って実は大胆だし、さっきの女みたいな弱い側の気持ち？　分かんないんだよ」

「じゃあ、君は万里さんの気持ちが分かるんですね」

あ……と口元に手を当てた。余計なことを言ってしまった。というか、わざと本音を言わせるように仕向けられた気がする。普段の加賀谷はここまで断定的な物言いはしない。

「……分かるよ」

仕方なく認めると、加賀谷は身体ごと蓮に向き合った。

「さっき僕が尋ねたとき、どうしてそう言ってくれなかったんですか？」

「……別に。あんたとは考えが違うと思ったし」

「それでもいいじゃないですか。君の考えは君の考えです」

「だからって、わざわざ揉めなくてもいいだろう。どうしても主張したいってわけじゃないし、合わせられるほうが合わせたほうが平和だよ」

「意見が異なる＝揉める、ではないと思うんですが」

「口ではそう言ってても、反論されると人はムッとするもんだよ」

多くの人たちが『平凡』とか『普通』と思っているものは、実はすごいバランスの上に成り立っている。それは些細なきっかけで揺らいだり、ヒビが入ったりする。加賀谷はそれを知らない。うんざりするくらい失った自分とは違うのだ。

「もういいじゃん。止めよう。それより夕飯作るよ。面倒だしもう鍋《なべ》でいっか」

この話は終わりと言わんばかりに、蓮は大股でキッチンに向かった。

「僕たちは、いつになったら万里さんたちのような喧嘩ができるんでしょう」

足を止めて振り向いた。

「喧嘩なんて、なるべくしないほうがいいだろ」

「しないのと、できないのとは違います」

「……どういう意味？」

加賀谷は答えず、着替えてきますとリビングから出て行った。

「もしかして変な趣味があるのかしら。罵られるのが好きとか」

カウンターの向こうで、万里がミルクティーのカップを皿に置いた。

「ほら、インテリって意外とそういう人多いでしょ？」

「お前の先生もそうなのか」

「一緒にしないでよ」

万里は蓮に向かってふくれっ面をした。

先日の騒動をきっかけに、万里は蓮の勤める店によく来るようになった。あの翌日、万里が改めて加賀谷に詫びの電話を入れ、そのときに蓮の携帯番号を聞いたのだ。蓮にも不快な思いをさせたので、謝りたいというのが理由だった。

最初はうっとうしかったが、加賀谷とのことを知られているという気安さと、同性しか好きになれない者同士、話がしやすかった。混み合うランチの時間が過ぎるとオーナーの新山は休憩に入ってしまうし、客の入りもまばらで気兼ねすることもない。

「三日に一度は大喧嘩する私たちからしたら、仲睦《なかむつ》まじくて羨《うらや》ましい話なのにね」

万里が溜息まじりに呟いた。

「それはしすぎだろう」

「仕方ないじゃない。昨日だって私が喋《しゃべ》ってるのに先生はずっと本読んでて、うんうんって適当な返事ばっかりするから、腹が立って本を取って投げたら喧嘩になったわ」

「どう考えてもお前が悪いな」

万里は上品な見た目と違い、中身はかなりエキセントリックだ。

「どうしてよ。私は先生と話がしたいのに」

「相手は本を読みたいんだろう」

「じゃあ私の『お喋りしたい』って気持ちはどうすればいいの？」

「我慢しろよ。お互い趣味があるんだから」

「私はいつも我慢してます。だからたまには先生が譲ればいいのよ」

「お前ら、いつ別れてもおかしくないな」

呆れて言い放つと、万里はそうかしらと考えるように頬に手を当てた。

「でも言いたいこと我慢して、限界までストレス溜めるのもよくないでしょう。小出しにしていかないと、いつかちゃぶ台返ししそうで怖いじゃない。キレる前に対処する。これって恋愛だけじゃなくて、友人でも仕事相手でも一緒だと思うわ」

話の途中、入り口にかかっているカウベルが鳴った。客ではなく、新山の妻の早苗だった。頭を下げる蓮にチラッと視線を投げ、奥のスタッフルームに行こうとする。

「新山さんなら、休憩出かけましたよ」

「いやだ、通帳持ってきてほしいって言ったくせに」

「預かりましょうか。帰ってきたら渡しておきます」

瞬間、早苗は躊躇《ちゅうちょ》する表情を浮かべ、蓮は余計なことを言ったことに気づいた。

「でも駅前のパチンコ屋だと思うし、歩いても五分程度かな」

「そ、そう。じゃあ自分で渡すわ」

早苗は早口で踵を返し、しかし途中で振り返った。

「そちらのお客さま、小野寺くんの彼女？」

「いえ、友人です」

「学生さん？」

探るような目を向けられ、万里が戸惑いを見せた。

「あら、ごめんなさい。お客さまのこと詮索して。じゃあ留守よろしくね」

取り繕った笑顔を残し、早苗は出て行った。

「なんだか感じの悪い人ね」

万里がむっと唇を尖らせ、蓮は肩をすくめた。

「普段はそうでもないよ。俺があんま信用されてないだけで」

「どうして？」

「俺に前科があるから」

さらりと言った。

「え、そうなの？」

万里は驚き、すぐに身を乗り出して「なにやったの？」と聞いてきた。遠慮も邪気もない、どちらかというと好奇心に溢れた目で嫌な感じを受けなかった。

「男相手の恋愛詐欺」

「へえ、やるわね。あ、もしかして加賀谷さんも騙してるんじゃないでしょうね」

「まさか、二年ぶちこまれて足洗ったよ」

万里はよかったと胸に手を当てた。

「だからさ、お前、もうここ来んなよ」

「どうして？」

「さっきの奥さんの態度見たら分かるだろう。前科者とつき合ってると、お前までそういう目で見られる。いいトコのお嬢さんなのに」

「更生したんならいいじゃない」

万里はあっけらかんと言い放った。

「現役で犯罪者ですって言われたら引くけど、今は真面目に働いてるんだからいいじゃない。私の周りでも男の財布になってる子いるわよ。ほら、うちお嬢さん大学でしょ。お嬢さんって悪い男に弱いのよね。ほとんどヒモなのに愛って言葉に目潰《めつぶ》しされてるの」

万里は笑い、刑務所はどんなところか聞いてくる。無神経と紙一重の大らかさがなんとなく心地よかった。蓮を色眼鏡で見ることもなく、必要以上に気を遣うこともない。

「ねえ、もしかして、加賀谷さんにもそんな風に距離置いてるの？」

ふいに万里が表情を改めた。

「距離？」

「言ったじゃない。自分とつき合ってると変な目で見られるから店に来るなって。そういうの、好きな人に言われると歯がゆいと思うんだけど」

「別に聡相手には……。一緒に住んでるんだし距離もクソもないだろ」

蓮はもごもごと反論した。

「でも加賀谷さんの『喧嘩がしたい』ってそういう意味なんじゃない？　一緒に住んでるから余計、透くんの自分から他人を遠ざけるようなところを敏感に察知しちゃうんじゃないかしら。喧嘩したいっていうのは、遠慮のない関係になりたいってことで」

「遠慮しない＝喧嘩なのかよ」

「喧嘩じゃなくて、コミュニケーションだと思いなさいよ」

蓮はグラスを拭く手を止めた。

「まあ私と先生はコミュニーション過多だけどね。でもその分、いっぱいラブラブだからいいの。透くんも思い切ってちゃぶ台ひっくり返してみたら？　愛の証《あかし》に」

おかしそうに笑う万里に、蓮も苦笑いを返した。万里は楽しいやつだ。馬鹿なのか賢いのか分からないが、勘はいい。万里の言うことは当たっているかもしれない。

でも、アドバイスに従ってちゃぶ台をひっくり返す気にはなれない。

ひっくり返しても、壊れない自信が万里にはある。自分にはない。その差だ。

今朝、アドベントカレンダーの窓が二十四個開いた。

昨日は日曜日で、一足早くクリスマスの食事や買い物に行く予定だったが、加賀谷に急な呼び出しがかかって休めなかった。年明け早々、学会での発表を控えた教授の手伝いにかり出されたのだ。今日はイブなので早く帰ってくると言っていたが、どうだろう。

——僕たちは、いつになったら万里さんたちのような喧嘩ができるんでしょう。

あれ以来、加賀谷との間に微妙な溝を感じる。上手く行ってないわけじゃない。表面上なにごともなく日々は過ぎているし、それどころか加賀谷は以前にも増して優しい。

けれど、どこか無理をしているように思える。綻《ほころ》びを隠そうと、頑張って蓮に優しくしているように感じるのだ。だからこっちも気を遣って普段よりも楽しげに振る舞う。

奇妙にカラッポな明るさに満ちたまま、今日のイブを迎えてしまった。

加賀谷へのクリスマスプレゼントもまだ買ってない。自分で稼いだ金でプレゼントをしたいと思っていたのに、洋食屋の給料日は二十五日だった。長い間まともに働いたことなどなかったので、世間の給料日がいつかということを失念していたのだ。

なんだか、笑ってしまうような失敗だった。

バイトの時間にはまだ早かったが、外の空気を吸いたくて家を出た。いつもの公園を通ると、イブだけあって普段よりカップルの姿が目についた。思わずついた溜息が、ふわりと白く空気にとける。足元では枯葉がカサカサと乾いた音を立てている。

ふと思いついて、蓮は公園を出て店とは反対方向へ向かった。途中のコンビニでペットボトルの水を何本か買い、少し歩くと椿《つばき》の垣根で囲まれた古い家が見えてくる。おばあさんの家だ。前に水などの重い買い物が億劫だと言っていたので、暇なので届けてやろうと思ったのだ。なんだか妙に人恋しくなっている自分がおかしかった。

家の前まで行くと、玄関から見覚えのある女が出てきたので足を止めた。早苗だ。門の向こうに蓮を見つけて、早苗もびくっと立ち止まった。

「小野寺くん？　どうしてここに？」

咄嗟に答えられなかった。早苗こそ、どうしてこの家から出てくるのか。

「ここ、私の実家なんだけど」

驚いた。おばあさんの娘というのは早苗のことだったらしい。

「なにか用かしら」

早苗の顔がみるみる曇っていく。

「ちょっと水を届けに」

「水？　どうして」

早苗が怪訝《けげん》そうに首をかしげる。全身で蓮を警戒していて、おばあさんと知り合ったきっかけや、今日、自分がここにいることの説明をする気も起こらない。

「特に用事はなかったんで。これ、渡しといてください」

コンビニ袋に入った水を差し出したが、早苗は受け取りを迷っている。

「あー……、やっぱいいです」

蓮は袋を引っ込め、じゃあと軽く頭を下げて引き返した。

背中に痛いほど早苗の視線を感じたが、振り返らずに来た道を戻った。

警戒心と怯えが混じった目を思い出すと、やりきれなさに襲われる。公園の入り口まで戻ってきたところでゴミ箱が目につき、袋ごと水を捨てた。投げ捨てるような勢いになってしまい、近くを通りがかった人がチラッとこちらを見た。

みっともないところを見られ、蓮は足早にそこを去った。大丈夫、深く考えるなと自分に言い聞かせる。こんなことは慣れているし、自分は傷ついてもいない。ただ少しタイミングが悪かっただけ。なんでもない、なんでもないことなのだ。

公園内を歩き回り、胸の泡立ちを押さえ込むことに時間を費やしているうちに、ふと気づくとバイトの時間を過ぎていた。蓮は慌てて店まで走った。

準備中の札がかかった店のドアを押すと、軽やかなカウベルの音が鳴る。キッチンで仕込みをしている新山に遅れてすみませんと頭を下げ、走ってスタッフルームに行こうとしたときだ。

「小野寺くん、悪い、ちょっと話ある」

新山は仕込みの手を止め、フロアに出てきた。なんとなく嫌な予感がした。

「さっき早苗から電話あったんだけど、早苗の実家に出入りしてるんだって？」

予感は当たった。

「聞いてくれって頼まれたんだけど、お義母《かあ》さんとはどういう知り合い？」

「……公園で、ちょっと知り合って」

「若い男と老人が、公園で知り合って家まで行き来するようになるのか？」

蓮は黙り込んだ。寂しい人間同士、ふとしたきっかけで話しをするようになった。ただそれだけのことなのに、上手く伝わる気がしない。

「言いにくいんだけど、早苗が怖がってんだよ」

新山はカウンターの椅子に腰かけ、ボリボリと頭をかいた。

「やっぱ、前科ついてるってトコが引っかかるらしいんだ。まあ今は真面目に働いてくれてるし、早苗にもむやみに人を疑うなって言ってたんだ。ほら、うちには金なんかねえしな。見りゃ分かるだろう。こんな小さい店」

新山は曖昧《あいまい》な笑顔を浮かべ、店内をぐるりと見回した。ギンガムチェックのクロスが敷かれたテーブル。白いガーベラが一輪ガラスのコップに挿してある。慎ましい、清潔そうな明るい店内。蓮は腹に力を込めた。今、どんな表情も浮かべたくない。

「こんなのはただの邪推かもしれない。けどそうじゃない可能性もある。うちは来年には子どもが生まれんだよ。俺は……嫁さんと子ども守る責任がある」

新山はシェフコートのポケットから封筒を取り出した。

「これ、少ないけど今日までのバイト料」

蓮は封筒を見た。わずかな食料を与えられて、厄介払いをされる野良犬。自分がそんな風に思えた。じわじわと怒りが湧《わ》いてくる。けれどそれは爆発しない。新山の言い分にはうなずける。みんなそれぞれ守りたいものがある。誰もそれを責められない。

「……いらねえよ」

ぼそっと呟いた。踵を返すと、新山が言った。

「早苗の実家にも、もう行かないでくれよな」

蓮は肩をすくめて店を出た。カランコロンとカウベルが鳴る。この軽やかな音はまあまあ好きだった。コートのポケットに手を突っ込んで、蓮はぼんやり空を見上げた。

どうしてだろう。寂しいときに見る空は、いつもやたらと青い。

さっきまでの怒りはもうしぼんでいた。これが前科を持つということだ。いい加減に生きて、人を傷つけていた過去の自分にしっぺ返しをされただけ。

一つ悲しいのは、加賀谷へのプレゼントがパーになったことだった。


なにもすることがないので、家に帰ってクーと遊んだ。

骨のオモチャを遠くへ投げる。クーは急いで取りに行き、ぱくっとくわえて蓮の元へ持ってくる。

投げて、戻って、また投げて、機械的にそれを繰り返す。クーはそのうち疲れて眠ってしまった。そばで小さく丸まっている柔らかな体温をそっと撫でる。

バイトを辞めたことを、加賀谷にどう説明しよう。

上手く頭が働かず、蓮はぼんやりと壁にかかったカレンダーを見た。窓は二十四個開いている。小さな窓の一つ一つに、クリスマスにちなんだ絵が描いてある。

オレンジの灯りがともる蠟燭《ろうそく》。小さなキリストを抱いた聖母マリア。杖の形をしたキャンディ。星飾りのモミの木。天使。蓮はクーを起こさないよう立ち上がった。

カレンダーの前に立ち、幸せな絵が描かれた小さな窓を閉めていった。

せっかくのイブだというのに、ロクなことが起こらない。まあ現実なんてこんなものだろう。諦《あきら》めにも似た気持ちで順番に窓を閉めていると、鍵の開く音がした。

「透くんっ」

ほどなく加賀谷がリビングに駆け込んできた。ハアハアと息を弾ませている。昨日の埋め合わせに急いで帰ってきてくれたのだろう。蓮は意識して明るい声を出した。

「おかえり、早かったな。まだ四時なのに」

「昨日の休日出勤の分、早上がりしてもいいということで。君はバイトは――」

「あ、ああ、うちも似たようなもん。イブだし早上がりしてもいいって」

咄嗟に嘘をついた。クビになったとはどうしても言えない。

「早上がり？」

「うん、おしゃれなカフェでもねえし、こういう日は逆に暇なんだってさ」

誤魔化そうとして早口になった。しばらくはバイトに行っているフリを続けて、早々に他のバイトを探そうと思った。まるでリストラされた親父《おやじ》だ。

「こんな早く帰ってくるって思わなかったから、まだ飯の支度なんもしてねえよ。ちょっと買い物してくる。なんか食いたいモンある？　やっぱイブだしチキンかな」

嘘をついている疚《やま》しさで加賀谷の顔を見づらい。財布を持って出て行こうとすると腕をつかまれた。

振り向き、初めて見る険しい表情の加賀谷に驚いた。

「なに？」

「帰る前に、君のバイト先に寄りました」

蓮は息を呑んだ。

「せっかくのイブなので、店で君のバイトが終わるのを待とうと思ったんです。けれど君の姿がない。店長さんに尋ねたら、君には今日で辞めてもらったと言われました」

加賀谷の表情は厳しく、理由も聞いたんだろうことが窺《うかが》えた。

「解雇の理由は、店長さんの勘違いですね？」

「…………」

「君は一言も弁解しなかったと聞きました。なぜですか」

蓮は加賀谷の腕を振りほどいた。

「ハナから疑ってるやつに、なに言っても無駄だ」

「そんなことはありません。話をすれば分かり合える人もいる。もし君がちゃんと説明をしたら結果は違ったかもしれない。それをどうして――」

「やってもないのに、なんで言い訳しなきゃなんねえんだよ」

加賀谷は一瞬ためらう表情を浮かべ、けれど思い切ったように口を開いた。

「君に……前科というハンデがあるからです」

蓮は目を見開いた。これほどハッキリ言われるとは思わなかった。

「世の中は善人ばかりじゃありません。前科のある人間を色眼鏡で見たり、悪気はなくとも隔たりを感じる人が大多数です。悲しいけれど、仕方ないことです」

その通りだ。服役したから全部がチャラになるわけじゃない。社会に戻ってからも色眼鏡や差別は色んな場面でついて回り、でも自業自得で誰も恨めない。加賀谷の言葉は正しい。けれど、自分でも分かっている弱みを突かれてカッとした。

「そうだよな。仕方ない、あんたの言う通りだ。でも、じゃあ俺はこれから先、やってもいないことで疑われるたび、いちいち言い訳しなきゃなんねえの？」

「そういう意味ではありません」

「俺はもう悔い改めました、信用してください、お願いしますって、地べたに頭こすりつけなきゃなんねえの？　一生？　ずっと？」

「透くん、少し落ち着いて話をしませんか」

「嫌だね。やってもいないことで頭下げるくらいなら、身に覚えのない泥かぶったほうがマシだ。もっかいムショにぶち込まれたほうがよっぽど――」

「透くん」

強く肩をつかまれ、蓮は口を閉じた。今の自分は、内心のビクビクを悟られないように全身の毛を逆立てて威嚇《いかく》する野良猫だ。どれだけ強がっても、一番自分を差別しているのは自分自身だと知っている。うなだれて、拳をぎゅっと握り込んだ。

「透くん……、君は泥をかぶる必要も、頭を下げる必要もないんです。ただ堂々と、していないことはしていないと言えばいいんです。君にこれから必要なのは、罪悪感や自分を卑下する気持ちじゃなくて、人とちゃんと向き合う勇気だと思います」

「……」

「傷つくのが嫌だから人と距離を取る。話しても分かってもらえないから話さない。けれど話してもいないのに、分かってもらえないと決めつけるのはよくありません」

「あんたみたいな恵まれたやつに、俺の気持ちは分かんねえよ」

言った瞬間、後悔した。拗《す》ねた子どものような言いぐさに加賀谷は悲しそうな顔をしている。どうしよう。どうしよう。どうしよう。焦りがグルグルと胸を回る。

「……そうですね。君が味わった苦労は、僕みたいな人間には分からない。だから気持ちも分からないだろうと言われたら、うなずくしかありません」

加賀谷はうなだれ、それから窓を閉じられた壁のカレンダーを見た。

「でも僕も僕で、そのことに対して歯がゆい思いをしていました」

加賀谷はカレンダーの前まで行き、閉じられた窓を一つ開けた。

「君はしっかりしているくせに寂しがりで、なのにちっとも甘えてくれない。それどころか言いたいことも胸におさめて、どこか一線引いているような感じが僕にはすごく歯がゆかった。やっぱり僕じゃ力不足なんだろうかと悩んだりもして……」

開けた窓を、加賀谷はまた閉めた。それを無意味に繰り返す。下に描かれている聖母マリアが見え隠れする。目を閉じて、両手を仰向《あおむ》けに差し出している絵。

「でも君の過去を思うと、色んなことに時間がかかることも分かるんです。だから、焦って無理にこじ開けることだけはしないでおこうと、それだけは決めていました」

加賀谷はゆっくりと振り向いた。

「でもまさか、今日みたいな、こんな大事なことまで隠されるとは思わなかった」

加賀谷の目にはハッキリと怒りが滲んでいて、思わず身がすくんだ。

「以前、くせになるから甘えたくないと君が言ったこと、覚えていますか?」

覚えている。あのとき、加賀谷はなにか言いたそうな顔をしていた。

「くせになってもいいじゃないですか。僕はこれからもずっと透くんの隣にいる。恋人というだけじゃない、友人にも、家族にもなりたいと言ったはずです」

話しながら、加賀谷がこちらへやって来る。

「根拠のない疑いで仕事を不当に解雇される。僕なら悲しいし、腹が立つし、なにより傷つく。君もそうだと思いました。だから急いで帰ってきた。でも君は嘘をついた」

「……それは」

「それは？」

問い返され、蓮は唇を噛んだ。身に覚えのない疑いをかけられて仕事をクビになったなんてみっともないことは言えない。自分の弱みを探られることが、昔からなにより嫌いだった。育った環境もあるだろうが、これはもう性格になっている。

「全部さらけ出せとは言いませんが、大事なことだけでも……」

室内には重苦しい沈黙がたれこめた。

こんなに気まずいのに、窓際にはたくさんのオーナメントで飾られたツリーがチカチカとライトを点滅させていて、外国の風景を描いたアドベントカレンダーが飾られている。そのギャップが滑稽に思えて、なんだか投げやりな気分になった。

結局、自分と加賀谷は根本が違うのだ。すり合わせようとするほどそれが際立って喧嘩になる。蓮はツリーの下で寝ているクーを抱き上げ、玄関に向かった。

「透くん、どこに行くんですか」

加賀谷が追いかけてくる。

「もう夜ですよ」

無視して靴を履いていると、肩をつかまれた。

「君は家にいなさい。一人になりたいなら、僕が出て行きます」

「ここはあんたが借りてる部屋だ。俺が出て行く」

「出て行っても、行くところなんてないでしょう」

カッとした。にらみつけると、加賀谷が表情をやわらげた。

「寒いのに、クーもかわいそうです」

「…………」

蓮は俯《うつむ》き、クーを廊下に置いた。頭を撫でてやると、クーは首をかしげた。

「じゃ、少しの間クーの面倒みてやって。荷物もあとで取りに来るから」

「どういうことですか」

答えずに玄関ドアを押して外へ出ていこうとした。けれどまたすごい力で肩をつかまれる。勢い余って壁に背中が当たり、蓮は痛みに顔をしかめた。

「こんな簡単に別れるつもりですか」

声を荒げられ、カッと頭に血が上る。

「傷は浅いうちがいいだろ！」

　怒鳴り返し、思い切り加賀谷を突き飛ばした。もう終わりだ。絶対に終わりだ。キレたのは自分なのに、一瞬後に後悔に襲われる。泣きたい気持ちでドアを開けて外へ出た。すぐに加賀谷が追いかけてきて、エレベーターを待つ蓮の隣に並ぶ。

「ついてくんなよ！」

「僕がどこへ行こうと自由です！」

　怒鳴りあっているとエレベーターの扉が開き、中にいた住人が驚いた顔をした。蓮は顔を伏せ、階段のほうへ回った。エントランスを出ると、もう加賀谷が待っていた。

「話はまだ終わってません」

　無視して前を通り過ぎ、蓮は公園を突っ切った。すっかり日は落ちて、外灯がポツポツと辺りの木々を照らしている。後ろから加賀谷が語りかけてくる。

「君はさっき、自分の気持ちなど分からないと言いましたね。でも君のほうこそ、僕の気持ちが分かりますか。他の人には言えないことでも、僕には打ち明けてほしかった。僕は君にとってどういう存在なんですか」

　恋人だ。好きな男だ。そんなことをわざわざ聞くなと余計に腹が立った。

「ずっと一緒にいようと約束して暮らしているのに、君は僕のことを、そのうち溶けて消えてしまうお菓子みたいに思ってる。どうしてですか」

いつでも最悪のことを想定して、いざそうなったときに傷つかないようにしているだけだ。我ながら暗い性格だと思う。でも仕方ないだろう。それが子どものころからの身の守り方なのだ。ノンキに幸せの青い鳥を待っていられるような余裕はなかった。

なにも答えず、振り向きもせず、逃げるように大股で歩く。

それでも加賀谷の足音がピッタリついてくる。

ガサガサと枯葉を踏む二つの足音。苛立《いらだ》つ反面、安心感を覚える。

一人になりたい。でも追いかけてきてほしい。

矛盾に心をかき回される。

公園を出て、駅のほうへ向かった。辺りが賑やかになるにつれ、人通りも増える。イブだけあって若い男女の姿が多い。商店街ではサンタがケーキのチラシを配っていた。みんな楽しそうに笑っている。その中を、自分だけがムスッと歩いている。違う。自分の後ろにも、同じようにムスッとしているであろう男が歩いている。

鼻の頭と唇が冷たくて、ほとほと情けない気持ちになった。

十二月になって、二人でクリスマスツリーを買いに行った。飾りもたくさん買った。アドベントカレンダーの窓を一つずつ開けた。真面目に働いた金で加賀谷にプレゼントをしようと思っていた。豪華じゃなくてもよかったし、なにもなくてよかったのだ。

ただ好きな人と一緒にクリスマスを祝えたら、それだけでよかった。

なのに全部台無しで、馬鹿みたいな別れ話になった。

薄着で出てきたからひどく寒い。情けなさに涙が出そうで、グスッと鼻を啜《すす》った。俯いて、パンツのポケットに両手を突っ込んで早足で歩く。そのうち駅へ着いてしまった。どこに行くあてもない。でも家には帰れないからどこかへ行くしかない。

券売機の前まで来て、蓮はハッと立ち止まった。財布を忘れたことに気がついた。馬鹿だ。大馬鹿だ。立ち尽くしていると、加賀谷が隣に立った。

「どこまで行きますか」

堅さの残る声で問われ、蓮は顔を背けた。

黙っていると、加賀谷は切符を二枚買い、蓮の手に一枚を握らせた。

今度は加賀谷が先に歩き出し、蓮はなんとなく後ろをついて歩いた。混み合う電車の中でも一言も口を利かず、目も合わさない。けれど途中、人に押されてよろけた蓮を加賀谷が支えてくれた。そのあともずっと、さりげなく壁になってくれていた。

「次で降りますよ」

加賀谷が言った。扉が開くと、どっと人が降りていく。人の流れに沿って蓮たちも歩いて行く。電車を降りてからは、なんとなく並んで歩くようになった。いくつかある階段の一つ、三番出口と書かれた表示板を見て、ようやく行き先が分かった。

「……遊園地」

階段を上りきったところはもう遊園地の入り口で、ゲートの向こうには見上げるほど大きなツリーがあった。澄んだ夜空に浮かび上がる観覧車や遊具の灯り。ぼうっと見上げている蓮に、加賀谷が自分のコートを掛けてくれた。

「い、いいよ、あんたが寒いだろ」

「いいから、着てください」

強引に羽織らせられ、一年前のことを思い出した。大雪の日に出所した蓮を迎えに来てくれた加賀谷は、今と同じようにコートを貸してくれた。

恐る恐る見ると、加賀谷もこちらを見ていた。家を出てから、初めて視線が絡む。加賀谷がぎこちない笑顔を浮かべ、固く結ばれていた心がわずかにゆるんだ。

「……短気起こして、ごめん」

驚くほど素直に言葉が出た。

「いいえ。僕も感情的になって、すみませんでした」

加賀谷も恥ずかしそうに頭をかく。慣れない状況に、どういう態度を取っていいのかよく分からない。あんな怒鳴り合いをしたあとにもかかわらず、自分たちは向かい合っている。妙な感じで落ち着かず、なのに不思議な安心感があった。

喧嘩をしたり仲直りをしたり、自分はこんな人間関係は知らなかった。ほどけたらほどけっぱなし。そのまま距離も離れて、いつか忘れてしまう。

蓮にとって人づきあいとはその程度のものだった。追いかけて、結び直したいと思う相手もいなかったので不都合もなかった。今までは――。

後ろからなにかがぶつかってきた。ツインテールの小さな女の子だ。

「あ、ごめんなさい。パパー、ママー、早くー」

詫びもそこそこに、女の子はぴょんぴょんと跳びはねながら両親に手を振る。そのたび二つに結んだ髪も元気に揺れる。ふっと笑うと、背中にそっと手を添えられた。

「僕たちも行きましょうか」

加賀谷が優しい目で自分を見ている。甘えてはいけない、一人で立つんだと今までギリギリと巻き取っていた糸がほどけていくのを感じる、肩肘《かたひじ》を張っていたけれど、実際にこんなにも寄りかかっている自分に気づかされる。

「……うん」

コクンとうなずいた。子どもじみた仕草だったろうかと恥ずかしくなったが、意地っぱりはもういいと開き直れた。加賀谷と仲直りができた。それだけでもう――。

イブの遊園地は、カップルや子ども連れのファミリーで溢れていた。アコーディオンを胸に下げたサンタがクリスマスソングを奏で、ガラにもなく心が浮き立ってしまう。

「せっかくだし、なにか乗りましょう。君はなにが好きですか」

「なんでもいいよ」

「そう言わず。たとえば、子どものころよく乗ったものは?」

「別に……」

ないと言いかけて、止めた。他の人には言えないことでも、自分には打ち明けてほしいと加賀谷は言った。蓮は遊具の前で列を作っている人たちを眺めた。吐く息が真っ白になるほど寒い夜なのに、誰もが笑顔で幸せそうだ。

「俺、遊園地って来たことねえんだよ」

「え?」

「小学校の遠足であったんだけど、母さんが弁当作ってくれなかったから。みんなすげえの持ってくんのに、俺だけ菓子パンとかやじゃん。だからズル休みして——」

加賀谷の表情がみるみる曇り、蓮は慌てて声の調子を上げた。

「あ、だから今日は色々乗るよ。やっぱ最初は絶叫系かな」

はしゃいでみたが、加賀谷は笑わなかった。

「今度はお弁当を持って来ましょう。僕がすごいのを作りますから」

真面目な顔で言われ、蓮は返事に困った。

「作りますって……あんた料理できないじゃん」

「勉強します。練習します」

なおも真顔で言う加賀谷がおかしくて、笑おうとして、でも頬と口元が引きつっただけだった。胸が痛くて、鼻の奥もつんと痛くて、じわりと視界がぼやけはじめる。やばいと咄嗟に俯いた。下腹に力を入れて、溢れたがっているものを堰《せ》き止める。

「ごめ……」

たかがこんなことで泣くなんて恥ずかしい。けれど加賀谷は小さくいいえと言っただけで、あとはなにも言わずにじっと待っていてくれた。流れるクリスマスソングに紛れ、何度か鼻を啜った。少しずつ感情の波が引いていく。目元を拭って顔を上げると、加賀谷と目が合った。ずっと自分を見ていてくれたのだ。

「ありがと、それと今までごめん、なんか色々独りよがりで……」

曖昧な言葉。でも一つになんて絞れない。加賀谷が黙ってほほえんでくれる。その肩越しでゆっくりと回る、薄い蛍光緑の丸い骨組みに気づいた。

「……あ」

呟くと、加賀谷が後ろを振り向いた。

「ああ、観覧車ですね。ここのは大きくて有名――」

言葉途中で加賀谷は顔を戻し、恐る恐るという風に蓮に尋ねた。

「乗りたいですか？」

問いかけてくるが、頬が引きつっている。どうやら苦手らしい。

「いいよ。他にいっぱい乗りもんあるし」

「い、いいえ。君が乗りたいと思ったものに僕も乗りたいです」

たかが観覧車に、決意を込めて加賀谷は言った。今度は涙は出なかった。ただ嬉しくなる。サンキュウと言うと、でも手をつないでいてくださいねと小声で頼まれた。

観覧車には、ファミリーよりもカップルが多く列を作っていた。

どのカップルも互いだけを見つめて楽しそうにお喋りをしている。以前なら、寒空の下に酔狂な連中だと思っただろう。実は今もそう思う。でも自分と加賀谷も確実にその酔狂な連中の一人だと思うと気恥ずかしく、なのに悪くない気分だった。

「寒くないですか?」

「俺は平気。それよりあんたのほうが寒いだろ。俺にコート貸しちまって」

「そうですね。じゃあ、ポケットだけ返してください」

「ポケット?」

問い返すと、加賀谷は蓮に貸したコートのポケットに自分の手を入れてきた。

「君の手も一緒に入れてくれるともっと温かいんですが」

にこっとほほえみかけられ、蓮は焦って辺りを見回した。こんなに人のいるところでなんてことを言うのか。やっぱり自分よりも加賀谷のほうが大胆だ。

他愛ないことを話しているうちに順番が来て、ゴンドラに乗り込んだ。ゆらりと揺れた瞬間、加賀谷の口が『ヒッ』という形に開き、蓮は思わず噴きそうになる。

「と、透くん、隣に座ってもいいですか」

嫌だ。係員におかしな目で見られる、と思ったがクリスマスイブに男二人で観覧車に乗る時点で充分勘ぐられているだろう。蓮は開き直っていいよと言った。

二人で同じ方向に腰を下ろすと、外側からガチャリと扉を閉められた。小さな箱がゆっくりと上昇していき、街の灯りを視界に浮かばせる。

「へえ、きれいだな」

呟くと、俯きがちに外を見ないようにしていた加賀谷が顔を上げた。

「ほ、本当ですね」

引きつりながら無理に笑ってみせる。無理しなくていいと言いかけたが、止めた。言っても加賀谷は無理をするだろう。今夜はそれを素直に受けよう。

「夜景って冬のほうがきれいに見えるよな。気のせいだろうけど」

「ああ、それは気のせいじゃありませんよ」

「そうなの？」

「色々と理由はありますが、一つは空気が乾燥していること。湿度が高いと空気に不純物が混ざるので透明度が落ちるんです。それと冬は上空にある強い気流が――」

さっきまでおっかなびっくりだったのも忘れ、加賀谷は夜景を指さして熱心に説明しはじめた。研究者という職業に関係あるのだろうか、加賀谷の説明は分かりやすく、蓮はみるみる増えていく星を見ながら何度もあいづちを打った。

「でも最大の理由は――」

「すごいな、まだあるのかよ」

「好きな人が隣にいることでしょうね」

「……は？」

蓮はポカンと隣を見た。その反応に加賀谷もじわじわと目元を染め、小さくすみませんと謝った。言った本人に照れられて、蓮も恥ずかしくなって視線を逸らした。

「そ、それにしても本当にきれいですね」

誤魔化すように加賀谷は身を乗り出し、途端ゴンドラがゆらりと揺れる。油断していたのだろう、加賀谷はヒイッと悲鳴を上げた。気障《きざ》なことを言った直後の醜態に蓮は噴き出した。なにかがツボに入ってしまい、二人で意味なく笑い続けた。

「あー……、おかしい」

笑いの波が去ったころには、もうゴンドラはてっぺんに辿り着いていた。

二人で静かに眼下に広がる景色を眺めた。暗い盤上に散らばる無数の光。一粒一粒に誰かの暮らしがあって、その全てが完璧な幸せで作られているわけじゃない。でもとてもきれいだ。キラキラ。キラキラ。小さな揺らめきに目を奪われる。

「すみませんでした」

ふいに謝られた。なにがと首をかしげると、加賀谷は溜息混じりに夜景を見下ろす。

「初めての君とのクリスマスなのに、プレゼントもケーキもない」

しかも喧嘩までした。肩を落とす加賀谷に蓮は小さく笑った。

「今度の日曜、クリスマスプレゼントを買いに行きましょう」

「いいよ、いらない」

「君がいらなくても、僕があげたい」

「ホントにいいんだって。俺もなんもあげらんねえし、せっかくバイトしたのにさ」

「え？」

「なに？」

「……もしかして、アルバイトはそのためだったんですか？」

まさかという顔をされ、バツが悪くなった。

「のつもりだったけど、クビになっちまったからマヌケな話だよな」

しかし加賀谷の顔はみるみる嬉しそうに崩れていく。

「嬉しいです。君の気持ちが一番のプレゼントだ」

言いながら、加賀谷は俯いてさりげなく目元をこすった。

「……ハハ、なんでしょう。本当に嬉しい。僕へのプレゼントのためにアルバイトをしてくれていたなんて、君はちゃんと僕のことを好きでいてくれていたんだ……」

「あ、当たり前だろう」

「ええ、でも不安だったんです。馬鹿ですね」

俯きがちに笑いながら、加賀谷は幾度も目元をこする。その姿に胸が苦しくなった。自分を守ることに精一杯で、加賀谷をこんなに不安にさせていたことに気づかなかった。

「どうしよう、すごく嬉しいです」

何度も呟く加賀谷は馬鹿だ。自分なんかのために嬉し泣きする人間なんてこの男くらいだ。世界中探しても一人しかいない。本当に馬鹿だ。馬鹿すぎて――。

「……やっぱ俺、プレゼントほしい」

呟くと加賀谷が顔を上げた。鼻の頭が赤い。クリスマスのトナカイみたいだ。

「ええ、なんでも言って下さい」

「来年のクリスマスも、一緒に観覧車に乗りたい」

「……観覧車、ですか?」

加賀谷はキョトンとする。

「うん。あんたと、来年も、観覧車に乗りたい」

口にしても叶《かな》うわけじゃない。そんなことは嫌というほど知っている。

だから夢を見たり、望んだり、それを口に出すことが長い間怖かった。

それでも、今、約束がしたいと思った。形がなくても、些細なきっかけですぐにヒビがはいるものでも、来年も、再来年も、何度も、繰り返し、積み重ねたい。

「来年だけじゃなくて、毎年乗りたいな」

こぼれた星が散らばったかのような街を見下ろして言った。

こんなきれいな風景を、毎年、加賀谷と見たい。

「分かりました。毎年乗りましょう。ずっと二人で、死ぬまで一緒に」

生真面目な答え方がおかしかった。本当は苦手なくせに――。

小さく笑うと、加賀谷が顔を寄せてくる。

透明な紺色の空気の中を、ゴンドラはゆっくりと下りていく。

もうすぐ地上だ。でもまだ下りたくない。神さまの手の中のような、宙に浮かぶこの小さな箱に、
もう少しだけ二人でいたいと願った。

積木の恋 NEW YEAR'S BOOK

一月一日、一緒に暮らしはじめて、初めてのお正月を僕らは迎えた。

「あけまして、おめでとうございます」

頭を下げると、テーブルの向こうで彼はなぜか急に背筋を伸ばした。

「あけまして、おめでとうござい…ます?」

なぜか語尾が疑問形になっていて、僕は笑った。

「ごめん、俺、こういうきちんとしたの慣れてなくて」

照れ隠しみたいに彼が笑う。僕たちが向かい合うダイニングテーブルには、デパートで頼んでおいたおせち料理が並べられ、彼が作ってくれたお雑煮がある。

「にしても、何回見てもすごいな」

豪華なおせち料理を前に、彼は昨夜から何度目かの感嘆の溜息をついた。

「世の中には、こんな何万もするおせち食うやつが本当にいるんだな」

「日本人は縁起を担ぎますからね」

「にしても、五万ってぼったくりすぎだろう」

彼はブツブツ言いながら、お重の真ん中で長いヒゲを優雅に散らす伊勢《いせ》エビをツンツンとつつく。危うく着物の袖《そで》が雑煮の椀《わん》に触れそうになり、僕は慌てて手を出した。

「気をつけて。袖は意外と重さがあるので、椀くらい軽くひっくり返します」

「あ、ごめん」

彼はパッと手を引っ込め、手首をひねって袖を確認する。僕はそれを目を細めて見つめる。錆青磁《さびせいじ》の長着に濃紺の羽織は、冷たげな彼の美貌《びぼう》によく似合っていた。

仕事納めの日、僕は畳紙《たとうがみ》に包まれたそれを彼に贈った。正月用にと渡したとき、彼はキョトンとしていた。最初はなにか分からず、しばらくしてピンときたようだ。

「もしかして着物？　俺、着たことないんだけど」

「着付けは僕がしますが、好みでなければ無理には勧めません。窮屈は窮屈ですし」

「嫌なんじゃなくて、なんか高そうっていうか」

彼は困ったように着物を見つめる。

「僕がたまには着てみたくなったんですよ。でも一人で着るのはなかなか照れるものなので、よければつき合ってくれると嬉しいんですが」

僕の方便に騙《だま》されて、彼はようやく受け取ってくれた。

以前、街で七五三の晴れ着姿の子どもを見かけたとき、彼はその儀式をしたことがないと言った。そのとき僕は、いつか彼に着物を着せてあげようと思ったのだ。二十四にもなろうかという彼に、今さら七五三でもないのだけれど――。

彼は恐る恐る畳紙を広げ、しっとりとした正絹の手触りにパチパチとまばたきをした。そして初めてのおもちゃを与えられた子どものように、嬉しそうに笑った。

その横顔を見られただけで、僕の胸にまで幸せが広がった。

やっぱり、内緒で頼んでおいてよかった。

最初に話をしたら、きっと彼は遠慮していらないと言っただろうから――。

寂しい子ども時代を過ごしてきた彼にとって、お正月やクリスマスは幸せな家族の象徴だったらしい。なのに彼と迎える初めてのクリスマスに初喧嘩《はつげんか》をしたことは、僕にとっては痛恨の極みだった。それが結果オーライだったとしてもだ。お詫《わ》びに、正月は静かな温泉旅館でも過ごそうと提案したのだが、あっさり断られてしまった。

「初めての正月だし、二人で家でのんびり過ごすほうがいいよ。それに正月からクーをペットホテルに預けるのは可哀想《かわいそう》だろ。まだ子犬なのに」

彼の言い分は真っ当で、僕は少し気落ちした。けれどどうしてもなにか『特別』なことをしたくて、そうだ着物を贈ろうと思いついたのだ。時期的にもぴったりだった。

彼は、基本的になにもほしがらない。

それこそ、こちらが物足りなくなるほどに。

出会ったときは違ったのだ。彼は詐欺師で、僕は騙される側の人間で、迂闊《うかつ》なことに四百万以上の金を彼に渡しながらも、僕は彼に騙されているとは気づかなかった。

あとで貯《た》めた金の使い道を尋ねたとき、彼はポツンと言った。

——家がほしかった。

田舎でもいい。中古でもいい。小さくていいから庭のある一軒家を買い、雑種の犬と暮らすのが夢だったと彼は言った。帰る場所があれば真面目に働ける気がしたと。

僕にはかける言葉が見つからなかった。

家など、誰にでも普通にあるものだと思っていた。結婚して、子どもが生まれて、そろそろ家でも買おうかというなら分かる。けれど帰る場所さえあれば真面目に働ける気がした、などという気持ちは僕には分からない。僕の育った環境とはかけ離れすぎている。

だからこそ、彼を幸せにしたいと切実に願った。

今、彼には家がある。

僕らが暮らしているマンションは田舎の一軒家ではないけれど、公園のすぐ裏手にあって、ベランダから豊かな自然が楽しめる。雑種の犬もいる。クーと彼が名付けた。

そして、それだけでもう彼の夢は叶《かな》ってしまったのだ。

だから、これ以上はなにもいらないと言う。

彼の心根は、やっぱり、真っ当すぎるほどに真っ当だった。

こんな子が、どうして詐欺なんかしたんだろうと思う。そこに至るまでの過程を想像すると重いもので胸が塞《ふさ》がれる。子どもは親を選べない。悲しい話だけれど。

年が明け、一緒に暮らして三ヶ月が経っても彼の荷物は増えない。引っ越しのときに持ってきた少しの服と日用品だけで、それは僕をなんとなく不安にさせる。あまりに彼の気配が薄すぎて、ある日、ふと彼が消えてしまうような気になるのだ。

マンションには彼の個室がある。リビングと二人の寝室、僕の書斎。あと一つ残った部屋を、引っ越しの際、僕は彼に個室として使えばいいと勧めたのだが、

「いいよ、どうせ使わないし」

彼はピンとこない顔で言った。

「そう言っていても、暮らしていくとそれなりに私物も増えていきますよ」

そうして残りの部屋は彼の個室となったのだが、言葉通り、彼は自分の部屋をほとんど使わなかった。くつろいだりクーと遊ぶときはリビングで、眠るときは寝室で。仕事上も性格上も個室がないと絶対に駄目な僕とは、そういう小さな部分も違っていた。

けれど先日、カラッポだった彼の部屋の壁に、あるものがかけられた。昨年のクリスマスに僕が持ち帰ったアドベントカレンダーだ。

「気に入ってくれたのは嬉しいんですが、年も改まったことですし」

苦笑いで言うと、彼は首をかしげた。

「きれいだし、捨てるのもったいないじゃん」

満足そうにカレンダーを眺めている横顔に、僕はどうしてか少し切なくなった。

殺風景な部屋に、ポツンと飾られた時季外れのカレンダー。渡したときは興味なさげだったそれを、実は彼が気に入っているのは知っていた。

去年の十二月、最初の朝、彼はいつもよりも早く起きてベッドを抜け出した。僕は気づいていたけれど、寝たフリをしていた。彼を追いかけたがるクーをベッドに入れて大人しくさせ、しばらくしてからリビングへ行くと、案の定、カレンダーの窓はぱっちりと開かれていた。彼は知らんぷりを装っていたが、それがとてもかわいかった。

それからも彼は、毎日一つずつ窓を開け続けた。

そしてクリスマスが終わったあとも、捨てずに壁に飾っておくと言う。

彼が惜しんでいるのはカレンダーそのものではなく、楽しみに窓をめくった日々の余韻なのだ。だからこそ、僕は切ない気持ちで決意を新たにした。

彼がほしいと言わなくても、僕はこれからも勝手に色々なものを贈ろう。思い出を愛《め》でる隙《すき》などないくらい、どんどん新しい、楽しいことを供給し続けよう。

今からでも遅くない。

彼が幼いころもらえなかった幸せを、できるかぎり僕があげよう。そうしてこの家に彼のものがたくさん溢《あふ》れて、その一つ一つが彼の毎日を確かな幸せで彩って、彼を笑顔にしてくれたなら、それだけできっともう僕も幸せだろうから。

「クー、ほら海老食え。腰が曲がるほど長生きできるぞ」

そう言いながら、彼は小さくちぎった伊勢海老を手に載せた。テーブルの下で利口にお座りをしているクーにやろうとしたので、僕は慌てて声をかけた。

「透《とおる》くん、海老は駄目ですよ」

「いいじゃん、クーだって家族なんだから」

「そうではなくて、犬に海老をやったら消化不良を起こすんです」

「え、そうなの？」

彼は驚き、今まさに齧《かじ》られようとしている海老をさっと取り上げた。クーがキューキューと鳴いて異議を唱える。意地悪をされたと思って怒っているのだ。

「ごめんごめん、他のやるから。えっと、どれだったらやっていい？」

「では、これをあげましょう。クー、おいで」

半分に割った伊達巻きを手に載せると、今度は彼からストップがかかった。

「それは俺がやる。このままだと俺は海老を取り上げた悪いやつで、あんたは卵焼きをくれたいい人になる。名誉回復のために、卵焼きは俺がやる」

真剣な彼がおかしくて僕は笑った。なんてかわいいことを言うんだろう。今すぐ抱きしめてキスしたくなる。僕は込み上げる衝動を抑えるのに苦労した。

おせちを食べたあとは、昼から初詣《はつもうで》に行く予定になっている。年末に万里《まり》さんから彼に電話がかかり、二駅先の大きな神社で待ち合わせることになったのだ。

「なあ、どっかおかしくない？」

歩きながら彼が聞いてくる。着物の上に防寒用のコート。羽織タイプではなく、襟付きのトンビコートにしてよかった。若い彼にはモダンな形がよく似合う。

「とても似合っています。そうだ、帰りに記念写真を撮りましょうか」

「い、いいよ、そんなの。恥ずかしいから」

彼はぶすっと口を尖《とが》らせた。嬉しいときや照れるときの彼のくせだ。苦労してきたせいか、妙に世知に長《た》けたところがある反面、彼は褒められたり好意を示されることに慣れていない。そういう不器用なところも、思春期の少年のようでかわいいなと思う。


「透くん、加賀谷《かがや》さん、あけましておめでとう」

待ち合わせ場所から手を振る万里さんは華やかな振り袖姿だった。隣には恋人である先生もいて、こちらは黒のロングコートで控えめな笑顔で頭を下げてくる。

「透くん、すごく着物似合う。トンビ持ってくるのがセンスいいわ。加賀谷さんも黄つるばみがお似合いよ。加賀谷さんはスーツよりも着物のほうが男前ね」

　万里さんの最後の言葉は僕にではなく、彼に向けられた。

　彼は特にコメントはせず、しかしどこか得意そうにふっと笑った。それを見た万里さんが「普段に比べれば」とニコッと言い添え、彼はムッとした。

「早くお参りに行きましょう」

　悪びれない万里さんに袖を引っ張られ、彼はブツブツ言いながらもついていく。

「あの二人、ずいぶん仲よくなったみたいですね」

　可南子《かなこ》さん——先生の名前だ——が話しかけてきて、僕らは若い二人の後ろをゆっくりとついて歩いた。可南子さんが途中で思い出したように言った。

「そういえばお見合い、まだ勧められているんですか?」

　僕は苦笑いで肩をすくめた。それだけで可南子さんには通じたらしい。

「お互い苦労するわねえ」

　ふっと可南子さんの口調がくだけた。

「じゃあそちらも?」

「ううん、うちはそうでもないわ。加賀谷さんと違って万里はまだ学生だし、あなたと一度お見合いしたことでご両親の気持ちも少しは宥《なだ》まったみたい。といっても根本が解決してないから、将来的にはまた同じ問題に直面するでしょうね」

ずっとこの先も誤魔化《ごまか》し続けるか、万里さんの両親にカミングアウトして納得してもらうか、もしくは僕らのように親との全面戦争か。いずれにしてもハードルは高い。

「私たちって損よね。恋愛一つするのも手間がかかるわ」

「ええ、でも仕方ありません」

僕は澄んだ空を見上げ、可南子さんもまあねえと溜息をついた。厄介だけれど、たまに疲れたりもするけれど、好きだから仕方ない。この世に厄介じゃない愛はない。

人混みをかき分けてお参りをすませたあと、四人でおみくじを引いた。

「やったわ、大吉！」

万里さんがはしゃぎ、大吉みくじを可南子さんにほらほらと見せている。可南子さんと僕は中吉で、彼はどうだろうとのぞいたら小吉だった。

「あらら、年はじめからちっちゃくまとまっちゃったわね」

からかう万里さんに、彼はぶっきらぼうに答える。

「俺はこれくらいがいいんだよ。よすぎるとなんか落ち着かねえし」

「やだー、貧乏性。加賀谷さん、透くんにもっといい暮らしさせてあげて」

「なんで聡《さとし》に言うんだ。聡は関係な……、いや、あるけど、それとこれは話が別だし」

彼は俯《うつむ》き加減にもごもご口ごもり、僕はこっそり苦笑いを浮かべた。

一つ屋根の下で暮らしていながら、彼は決して僕に寄りかからない。それはかたくなと言ってもいいほどで、けれど、たまにとても頼りない顔をする。

まるで主人に置いて行かれた子犬のような——。

クリスマス以来、彼はポツポツとだが胸の内を見せてくれるようになった。

実を言うとまだまだ物足りないけれど、でも、僕はもう二度と焦らない。

彼は努力すると言ってくれた。だったら僕にできることは、短気を起こさずに待つことだ。そして彼が安心して自分をほぐせる場所を作ることだ。なるべく早く、彼が全ての構えをといて、僕に向き合ってくれるといいなと願いつつ——。

帰りは四人で出店を冷やかした。人でごった返す屋台の前で、万里さんがたこ焼きを可南子さんに「あーん」とし、彼にも同じことをする。彼は嫌がって顔を背けた。

「私のたこ焼きが食べられないって言うの？」

「お前はどこの酔っ払いオヤジだ」

彼は渋々たこ焼きを食べた。しかし中が熱かったらしい。ハフハフしながら涙目になっている彼を、万里さんは指をさして笑っている。前科があることで彼に厳しい目を向ける人も多い中、万里さんは彼にできた初めての同年代の友達だ。仲良く喧嘩している二人を見て、僕は自分のことのように嬉しくなった。

「あー、なんか異様に疲れた」

帰宅するなり、彼はリビングのソファにへたりこんだ。

「着物は慣れないと窮屈ですからね。草履も歩きにくかったでしょう」

「違う。万里のせいだ。なんであいつあんなうるさいんだろう」

彼は大儀そうに顔をしかめた。テーブルにはウサギのぬいぐるみが置いてある。万里さんが射的で取ったものだが、取ることだけで満足してしまい、これあげると彼に押しつけたのだ。僕から見ると、彼はなんだかんだと万里さんに甘い。

彼はソファの背もたれに頭を載せて目を瞑《つむ》っている。強調された細い首筋に、胸が甘くざわついた。無防備で、少し乱れた着物の襟がひどく色っぽい。

目を瞑っている彼に、そっとキスをした。

襟の合わせ目から手を入れると、ビクリと震える。胸の辺りをさぐって、目当ての小さな粒を見つけ出す。こねるように指先を動かすと、バカとやんわり押し返された。

「いいでしょう。せっかく色っぽくて素敵なのに」

「スケベジジイかよ」

彼が赤い顔を背ける。でもなんとなく譲れない気持ちだった。着物姿に欲情しているなんて自分でもどうだろうと思うけれど、やはり僕も男の端くれなのだ。

固く尖った胸の粒を強めにつまむと、彼の身体がぴくりと跳ねた。指先でこすり合わせていると、身をよじらせる。けれど徐々に力が抜けていく。

「……待てって」

弱々しく、なおも押し返そうとしてくる。

「……汚れる…から」

合点がいった。彼は着物を汚すことを気にしているのだ。そういえば今日も出歩きながら、裾《すそ》や袖を気にしていた。大事にしてくれているのだと思うと嬉しい。

「では、汚さないようにしましょう」

「え、あ、ちょ……っ」

僕は身を乗り出し、裾を割って彼の下着だけを取り去った。ソファに座っている彼の膝裏を持ち上げ、M字の形に大きく割り開く。彼はなんとか足を閉じようとする。ほっそりとした足先を包む白い足袋が扇情的で、恥じらう様子に余計にそそられてしまう。開かれた足の中心に、ゆっくりと顔を伏せた。

「……ん……っ」

ぴちゃりと水音が立ち、柔らかかった彼の性器が、どんどん口内でふくれあがる。髪の隙間に指が入ってくる、下から上へ舐《な》め上げるたび、キュッと髪をつかまれた。

頭上からもれる息が、熱を帯びて早くなる。

普段は素っ気ない彼の声が、泣き出す寸前のように甘ったるく蕩《とろ》けていく。鼓膜を刺激する快楽の一つを味わいながら、背後のすぼまりにそうっと触れた。

口淫《こういん》でこぼれ落ちた唾液《だえき》で、そこはぬるぬると滑りがよくなっている。丁寧に指先で円を描くと、彼の腰が嫌がるように左右に揺れる。構わずに中に差し入れた。

「……んうっ」

ぐるりと中で指を回すと、含んだままのものがぴくりと口内で波打った。性器のちょうど裏側辺りに、彼の感じる場所がある。そこで幾度も指を折り曲げるうち、舌の上にぬめる液体が広がり、狭かった場所は潤んだような感触すら帯びてきた。

「だめ、だって、も……」

限界なのだろう、細い指が僕の髪をつかみにかかる。でも止《や》めない。愛撫《あいぶ》をもっと深めた。彼は懸命に身をよじるが、ソファの背もたれと僕に挟まれて逃げようがない。絶え間なく蜜《みつ》をこぼす先端を強く吸った瞬間、彼が四肢を突っ張らせた。

「……あっ…あぁ…」

流れ込んでくる液体を飲み下した。放出のたび、彼の粘膜が悦《よろこ》ぶように僕の指を締めつけてくる。名残惜しげに指を抜いて身体を離すと、彼と目が合った。息だけが荒い。

「待っててください」

立ち上がり、彼の額にキスをした。寝室へ潤滑剤を取りに行こうとして、ついでにラグの上で寝ているクーを抱き上げた。種が違うとはいえ、やはり行為を見られるのは気恥ずかしい。クーを寝室に入れてリビングへ戻る。もう一度彼の前にひざまずく。慎《つつし》み深く閉じられてしまった足に手をかけると、開かれまいと両足に力がこもる。

「嫌ですか？」

「……じゃないけど」

彼は赤い顔で目を逸《そ》らす。やや強引に押し開くと、彼がギュッと目を瞑る。

小さな声で「……電気」と呟く。

消してほしいのは分かっている。でもかわいいので聞こえないフリをした。足を開かせたまま、後ろに潤滑剤を塗り込めていく。指を差し込むと反射的に締められた。

「力を抜いて、そのまま」

無意識に閉じようとする足をさらに大きく広げると、彼は唇を嚙《か》んだ。恥ずかしい体勢のまま、何度も潤滑剤を継ぎ足して中を濡《ぬ》らしてゆく。奥で指を曲げるたび、くちくちと濡れた音が立つ。ゆっくりと再び彼の性器が頭をもたげてくる。

「も、いいから……」

「まだです。ちゃんと準備をしないと」

そう言いながら、愛撫を深めた。弱い場所を内側から押すと、彼の性器の先に雫《しずく》が浮かぶ。溢れるほどになったそれが、つっと表面張力を破って茎を伝い落ちる。

「……っ、も、早く……」

彼は顔を背け、だだをこねる子どものように小刻みに左右に首を振る。襟元はすっかり乱れてしまい、胸元から赤く膨らんだ果実がチラチラと見え隠れしている。指先で転がすと、性器から溢れた雫が会陰を伝って僕の指まで濡らした。

そろそろ我慢の限界だった。着物の前を割り、取り出したものをあてがった。見下ろす彼はすっかり脱力していて、ぐったりとされるがままだ。ゆっくりと腰を進めた。柔らかく蕩けた場所が、張り詰めた先端をゆるゆると呑《の》み込んでいく。

「すごい……」

思わず呟いた。熱い粘膜に絡みつかれて、すぐにでも達してしまいそうになる。様子を見ながら小さく彼を揺らす。途端、甘えるような鼻にかかった声が上がった。

「や、あ、さと…し、さと……っ」

必死で僕にすがりついてくる。普段は素っ気ない彼がこんな風になるのはこのときだけで、優しくしたい気持ちとメチャクチャにしたい気持ちがせめぎ合う。

充分にほぐされた場所で、可哀想なほど彼を貪《むさぼ》った。抽挿のたび、彼は泣きそうな声を上げる。いいとか、いやとか、そのうちそれもなくなり、短い呼吸音だけで聴覚が満たされる。形のいい薄い唇を吸い上げながら、彼の内側をくまなく突き上げた。

「ん…んんっ、ふっ」

酸素を求めて、彼が口づけから逃げようとする。抱きしめた腕に力を込めて、腰の動きを早めた。

最奥を強く突き上げた瞬間、彼が身体を硬直させた。

「……あ、や、ああっ」

彼は自分の中心に手を伸ばした。性器の先端を包み隠すようにして、吹きこぼれる蜜を手で受け止めている。飛び散ったもので、着物を汚さないようにしているのだ。

健気《けなげ》な努力に、頭の芯《しん》まで沸騰してしまった。彼の手を取って、濡れた手のひらに舌を這《は》わせた。

そうしながら、僕も彼の中で昂《たか》ぶったものを解き放った。


「……結局、ぐちゃぐちゃじゃねえか」

腕の中で彼が呟いた。あのあと、ラグに移動して二度目の行為になだれ込んだ。互いに帯もほどけ、散々に乱れた着物はわずかに身体にまとわりついているだけだ。

「でも汚してはいないでしょう。色々と僕も工夫したつもりですよ」

耳元でささやくと、彼は行為を思い出したのかパッと顔を背けた。

「あんたが着物フェチだったとは知らなかった」

「なんですか、それは?」

「着物に興奮するスケベな男」

ふんと鼻息までつけられ、少々恥ずかしくなった。大多数の男性は、和服姿の恋人を乱したいという欲望を持っている――気がする。けれど胸を張って言えることではなく、さっき彼にした行為の数々は、確かに普段の僕からすると執拗《しつよう》だったかもしれない。

「すいません、怒りましたか？」

「……怒ってないけど」

彼が呟き、ホッとした僕は彼の頬《ほお》にキスをした。唇を離すと、彼は身体ごと僕に向かい合う。どこか無防備な、頼りなげな目で僕を見つめる。

――俺のこと、好き？

言葉にならない質問を、彼の目が投げかけてくる。

目に映る彼は静止画なのに、言葉は確かに響いて、僕の心の水面に波紋を広げる。さざなみみたいにかすかな輪、その中心にいつも彼がいる。

僕の世界の真ん中は、もう僕じゃない。それはひどく幸せなことだった。

「……僕は、君が、好きでたまらない」

くせのない素直な前髪をかき分けて、また額にキスをした。

「好きで、好きで、たまらない」

小さな声で繰り返し、彼を抱きしめた。

エアコンのかすかな音に紛れて、俺も……と聞こえた。

僕は口元だけでほほえみ、彼の細い首筋に顔を埋《うず》めた。毛足の長い茶色のラグに埋まって、彼のうなじはほんのりと赤く染まっている。視界の端に、外気との差で白く曇った窓が見える。幸せだなと思った。わけもなく。

あけましておめでとう。
今年もよろしく。来年もよろしく。ずっとよろしく。
ずっとずっと、愛《いと》しい君と——。

ありがとう

透《とお》くんがアルバイトをはじめた。

マンションから電車で二駅の『un petit nid《アンプチニ》』というパン屋だ。勤めていた洋食屋を理不尽な理由で解雇されてから、彼は毎日アルバイトを探しに出かけていた。生活費は僕が稼ぐので焦らなくていいと何度言っても彼は聞いてくれない。

彼の頑《かたく》なさは、恋人としての僕をたまに歯がゆくさせる。けれど彼には彼の矜持《きょうじ》があり、僕は彼のそういう透明な硬くて脆《もろ》い部分を愛している。

「パンを作るんですか?」

問うと、夕飯の並ぶテーブルの向こうで彼は首を横に振った。

「俺は販売。職人はまあまあ美人の子持ち」

「ああ、女性向きの仕事ですからね」

彼は首をかしげた。

「どこが女向きなんだよ。飯関係はどこも力仕事の男社会だぞ」

「そうなんですか?」

「一日中立ちっぱなしで重い寸胴持ったり、肉や魚さばいたり、パン屋だったら粉練ったりの重労働だ。そん中で女が店主張るってすげえことなんじゃないの」

「……その通りです」

目を見開く僕に、彼は小さく笑った。

「あんたは食い物屋の裏とは縁のない生活してるからな」

そう言われ、かすかな自己嫌悪に襲われた。

加賀谷《かがや》総合病院の長男として生まれ、僕は平均よりもずっと恵まれた暮らしを送ってきた。幼いころから医者を目指し、今は医療関係の研究職に就いている。専門分野には強いが一般常識に疎く、興味のない分野についてはさっきのような間抜けを晒《さら》す。子供のころから苦労をしてきた彼から見ると、僕などとんでもない甘ったれに見えるだろう。

「今の、やな意味で言ったんじゃねえよ？」

透くんが窺《うかが》うように僕を見る。

「はい、わかっています」

笑顔でうなずいたけれど、透くんはそれでも気にしていたように見えた。

刑務所から出てきた透くんと暮らして五ヶ月が経つが、僕たちはまだぎこちない。すれ違いが重なり、去年のクリスマスは初めて喧嘩《けんか》をした。それまでは喧嘩もできないほど気を遣い合っていたので、それ自体は悪いことではなかった。

けれど、せっかくのクリスマスに諍《いさか》いをしてしまったことは、僕にとって痛恨の極みとなった。小さなころからクリスマスなどの子供が喜ぶ行事を、彼はほとんど経験せずに大人になった。だからその分も盛大に祝おうと思っていたのに――。

初めての正月は平和に過ごした。透くんに初めてできた友人の万里《まり》さんと、万里さんの恋人である可南子《かなこ》先生と初詣に行き、縁日を冷やかして回った。万里さんが射的で取って彼に押しつけたウサギのぬいぐるみは、今、彼の部屋の床にそっと置いてある。彼の個室にはそのウサギと、去年のクリスマスシーズンにリビングの壁に掛けていたアドベントカレンダーが飾ってあるだけだ。

がらんとした彼の部屋は、孤独に生きてきた彼の心のようだ。

だからいつか彼の部屋を、彼の好きなもので満たしたい。

それが今の僕の望みのひとつだけれど、無欲な彼相手にはなかなか難しい。

来月は僕の誕生日だ。

少し前から、透くんが遠回しにプレゼントの探りを入れてくる。

僕は気づかないふりで、今度春物のシャツを買いに行こうかなとつぶやく。僕には洋服はここと決めている店が何軒かある。質のよさと、流行とは関係のないスタンダードなデザインがファッションに疎い僕にはありがたい。彼はきっとそこの服をくれるだろう。

翌日、仕事帰りに彼が勧めるパン屋を訪ねた。

「いらっしゃ……あ」

レジの中から挨拶をしかけ、彼がわずかに目を見開く。

「どしたの?」

「そろそろ終わりでしょう。たまには一緒に帰ろうと思って」

「ああ、そうなんだ。ちょっと待ってて」

「急がないでください。明日の朝のパンを選んでます」

トングとトレーを手に、香ばしい匂いの立ち込める店内を回った。

「これ、おすすめ」

彼が『甘いクロワッサン』とプレートのかかったパンを指差す。となりには『クロワッサン』と書かれたものも並んでいる。僕は首をかしげた。

「これとこれは、どう違うんでしょう?」

「名前のまんま。こっちは表面にシロップが塗ってあってほんのり甘い。うちのはどっちもうまい。表面はパリッとしてて中はもちもちで人気がある」

「では、どちらも買って食べ比べてみましょう」

甘いのと、そうでないのをひとつずつトレーに乗せながら、彼がごく普通に『うちの』と口にしたことに驚き、それ以上の喜びを感じた。勧めはじめて一ヶ月だというのに、人に対して容易に心を開かない彼が、『うちの』とは。これは事件だ。

「トールくん、ただいまー、おやつちょうだーい」

店の奥から小さな男の子がひょこりと現れた。桃色の頰をした、とてもかわいらしい男の子は飛行機の形をした小さな皿を持っている。

「里央《りお》、おかえり」

「チュウボーのはまだ熱いから、お母さんが表からもらってって」

「そうか。どれにする？」

彼はトングを手に里央くんに問う。

「えっとね、えっと、苺《いちご》のデニッシュかクリームパンかどっちがいい？」

「どっちもいい。里央が食べたいほうを食べればいい」

「どっちも食べたい」

「じゃあどっちも食え。あとでお母さんに怒られるだろうけど」

ううーと顔をしかめる里央くんに、彼が小さく笑った。

「えっとね、じゃあね、じゃあ……苺！」

という里央くんの飛行機の皿に、ほい、と彼は苺のデニッシュをのせた。里央くんはありがとうと言い、それからこちらを見た。

「おっちゃん、トールくんのお友達ですか？」

おっちゃんと呼ばれたのは初めてで少々面食らったが、同時に飾り気のない言葉に顔がほころんだ。彼がわずかに心配そうな顔をしてこちらを見ている。

「おじさんは、透くんの家族です」

彼が目を見開き、里央くんはぱっと笑顔になった。

「そうなんだ。こんにちは。俺、青山《あおやま》里央。八歳です」

「はじめまして。僕は加賀谷聡《さとし》と言います。いつも透くんがお世話になってます」

「お世話はしてないよ？　トールくん、優しいしかっこいいからすごくモテるよ。阿木《あぎ》のおっちゃんとひろくんと三人でいると女の人がたくさんパン買ってくれるの」

「そ、そうなんですね？」

「俺のお母さんのパン、おいしいよ。おっちゃんも苺の食べてみてね」

里央くんはそう言うと、飛行機の皿を手に店の奥に戻っていった。

「今の知世《ちせ》さんの、あ、ここの店主の息子さん」

「すごくかわいい子ですね」

バイト先のことを訪ねても、口数の少ない彼は「みんな、いい人だよ」と言うばかりで、実は少し心配していたのだ。以前に勤めたレストランでは、彼に前科があることを理由に理不尽な言いがかりをつけられて辞めたので――。

「ここは、とても素敵な職場のようですね」

目を細めると、彼は照れたように顔を背けた。

「それにきみはすごくモテるんだとか?」

「お、俺じゃなくて向こうのオーナーと職人が――」

そのとき、店の前にバンが停まった。運転席から長身の男性が降りてくる。精悍《せいかん》な顔立ち、二十代後半くらいか。整った顔立ちだが、今どき珍しい陰のあるタイプだった。男性が入ってくると、彼はお疲れさまですと頭を下げた。先輩らしい。

「お疲れさま。予約のバースデーケーキできてる?」

見た印象のまま、低い声でぼそぼそと話す。

「箱詰めして冷蔵庫に入れてあります」

「ありがとう」

礼を言ったあと、男性がちらりとこちらを見た。

「加瀬《かせ》さん、こっち、俺の、その……家族です」

詰まりながらだったが、ちゃんと家族と紹介してもらえたことが嬉しかった。

「初めまして、加賀谷と申します。いつも透くんがお世話になってます」

頭を下げると、加瀬と呼ばれた男性は困ったように目を泳がせた。

「……ああ、いや、どうも」

目も合わせずぼそっと言い、逃げるように厨房に行ってしまった。

「加瀬さんすげえ口下手で、俺以上に愛想ないから」

彼は「だから助かる」と冗談めかして言った。


彼と一緒に帰路を辿《たど》った。

あのあと厨房から店主の知世さんまでが出てきてくれて挨拶をした。今日はオーナーがいないので残念と言われ、少し混乱した。店主とオーナー？

「うちは二店舗あるんだよ。本店は知世さんがやってる今の店で、二号店はオーナーの阿木さんとさっきの加瀬さんで回してる。元々本店は阿木さんと知世さんがやってたんだけど、阿木さんと加瀬さんができてから本店は知世さんに任せたんだってさ」

「できて？」

「オーナーと加瀬さん、ゲイカップルだから」

「ああ、そういう意味でしたか」

「阿木さんは元ヤクザで、去年、店の前で銃撃戦やって、加瀬さんが里央を庇《かば》って撃たれたのが同棲のきっかけだってさ。知世さんが教えてくれた」

すぐには言葉が出なかった。

「なに？」

「と、透くん、駄目です。あの店はすぐに辞めてください」

「なんで？」

「だって元ヤクザで銃撃戦なんてとんでもない店です」

「今は阿木さんはカタギだ。事件は巻き込まれただけらしいし」

「だとしても、またなにか起きて、今度はきみが巻き込まれたらどうするんですか」

強めの言い方になってしまった。彼が立ち止まり、こちらを向いた。

「前科持ちの俺も、周りからそういう目で見られてるんだろうな」

あ……と声が洩《も》れた。ああ、今、僕はなんてことを言ってしまったのだろう。無意識に口元を手で覆った。彼の表情は穏やかなままだ。

「ワケありだけど、みんな、すげえいい人たちだよ」

静かに笑った彼に、今すぐ伏して詫《わ》びたい気持ちになった。

「透くん、申し訳ありません。僕は――」

「いいよ。ちょっと歩こう」

焦る僕を制して、彼は家とは違う方向の角を曲がった。あまり人通りがなく、彼のほうから手をつないできたことに驚いた。

「聡、ありがとう」

「え？」

「俺のこと、守ろうとしてくれてありがとう」

　思いがけない言葉にまばたきをした。

「俺、すっげえ大事にされてるんだなってわかった」

「ぼ、僕はそんなふうに言ってもらえる資格がありません」

　守ろうと差し出した手にナイフをにぎり、彼を傷つけた僕には――。

「俺さあ、聡といると、いろんなもんが見えてくるんだよ」

　彼が歩きながらぽつぽつと話しはじめた。去年勤めていた洋食屋を、理不尽な理由で解雇されたこと。ただのなんてことのない、思いつきの親切だったのだが、なにか企《たくら》んでいるのではないかと前科を持つ彼は疑われ、職を追われたのだ。

「あのときはすげえ腹立ったよ。真面目にやってても結局は前科者って目で見られる。そういう自分が情けなかったし、聡にも八つ当たりして喧嘩になったよな」

「僕の言い方も悪かったんです」

「そんなことない。けど初めて聡と喧嘩して、言いたいこと言い合って、俺は自分が思う以上に、聡から大事にされてるのがわかった。聡がいなかったら、俺はまた、どうせ頑張ったって無駄なんだって拗《す》ねて、おかしな方向に行ってたかもしれない」

　彼は自分の足下を見つめながら話す。

「けどさ、俺、最近、あの人たちの気持ちわかるんだ。あの奥さん、お腹に子供いたじゃん。そんなったときに、少しでも危ないと思うもん近づけたくないよな。あの旦那だって、嫁さんと子供を全力で守っただけなんだよ。なにかが起きたとき、前科がついてる俺は、やっぱり排除されてもしかたねえんだよ」

それは違うと言いたかった。けれどたった今、彼かわいさに同じ愚かな差別をしてしまった自分が言えることではなかった。

「けどさ、それでもさ、誰かから追い出された俺を、聡は全力で守ってくれるじゃん。俺をクビにしたあの夫婦みたいなこと言い出して。すげえ勝手なこと言ってさ」

かっと頬が熱くなった。彼を傷つけた世間一般というナイフを自分も持っている。相手の凶器を非難しながら、自分も凶器を振り回す。愛は身勝手で傲慢で愚かだ。

「……僕は、恥ずかしくてたまりません」

「なんで？」

「僕は矛盾の塊だ」

「そんなん俺もだよ。つうか、みんなそうなんじゃねえ？」

彼は夜空を見上げた。

「世の中の全員、平等に愛するなんてできねえしさ、みんな、自分が抱えられるだけのもんを守るのでいっぱいいっぱいなんだって最近わかった。それを身勝手だって言われたら、世の中のたいがいの連中が身勝手に分類されんじゃねえ？」

僕は彼の言葉に聞き入った。彼はとても無防備に、自分でも意識せず、この世界が抱えるどうしようもない矛盾と悲しみについて語り、それを受け入れている。おそらく子供のころから見なくてもいい悲しみを目に映し続け、触れなくてもいい痛みを肌に受け続け、いつしか諦観と区別のなくなったものが今の彼を形作っている。それが彼の身を守る唯一の術《すべ》だとわかっていて、それでも尚、どうしようもない歯がゆさに胸が塞がれていく。

「なあ聡」

「は、はい」

物思いの淵《ふち》から慌てて這《は》い出した。

「俺は頭が悪いから、なんか誤解させたかもしれないけど」

「透くんの頭が悪いなんてことはありません！」

思わず強く言った。

「きみはとても賢い。勉強とかではなく、物事の本質をシンプルに捉え、過不足のない短い言葉で表現する。頭が悪いなんて、それこそとんでもない誤解です」

「あ、いや、そういうことじゃなくて、まあ聞けよ」

たしなめられて我に返った。思わず興奮してしまった。

「だから、俺、今、すげえ幸せだからな」

「……え」

悩んでいたことと真逆の言葉にぽかんとした。

「捨てる神あれば拾う神ありって諺《ことわざ》あるじゃん。俺は今まで、嘘つけよ捨てるばっかじゃねえかって思ってたけど、聡が拾ってくれたから、俺、人の気持ちとかちょっとは考えるようになれたっていうか、えっと、なんていうか」

彼はひどく恥ずかしそうな困り顔で、

「だから、その……ありがとう」

と締めくくった。僕はなんと答えていいのか考え、けれど今の気持ちにふさわしい言葉を思いつくことができず、つないだ手を思い切り引き寄せて彼を抱きしめた。

「ちょ、聡」

「ずっと僕のそばにいてください」

「へ？」

僕が彼を幸せにしたいと思っていた。一刻も早く、彼がもういらないというほどの量の幸せで彼を包みたいと願っていた。逆に言えば、僕が彼からなにかをもらうことを考えていなかった。僕はなんて思い上がっていたのかと恥ずかしくなる。

僕の身勝手な矛盾さえ包み込んで、彼はありがとうと言ってくれた。

そんな彼にふさわしい自分であろう。

もう、それだけだ。

力の限り抱きしめる僕の背中に手を回し、彼は黙って抱きしめ返してくれた。
人通りのない路上の抱擁を、頭上の星と月だけが見ている。
彼と暮らして五ヶ月目、なんでもない夜のことだった。

あとがき

みなさま、こんにちは。プラチナ文庫さんでははじめまして、凪良《なぎら》ゆうです。このたびは拙作を手にとっていただき、ありがとうございます。このお話は以前雑誌に掲載していただいたもので、掲載時は『恋愛詐欺師《れんあいさぎし》』というタイトルでした。直球で気に入っていたのですが、同名作品が多々あったので改題となったことをご了承ください。

今回、文庫として出していただくにあたり、久しぶりに読み直したのですが、文章の拙さに顔が赤くなりました。今作はわたしが文庫デビューする前に書いたもので、参考掲載で載せていただいた投稿作品を別として、仕事として書いたものでは二作目に当たります。拙すぎる表現に「なんて雑な言葉選びなんだ！」とか、「ここもう少し丁寧に書き込もうよ！」と編集さんのようなツッコミを入れながら、あちらこちら加筆修正しました。過去の自分と向き合うって気合いのいることですね。

一方で、当時を思い出して懐かしい気持ちにもなりました。プロットが通って初稿を上げても全ボツされることもあったので、まあ色々と不安の絶えない状況で原稿を書いていました。そのころを振り返ると、文章の拙さはともかく、ヒイヒイ言いながらもよくここまで踏ん張ったねと自分の肩を叩いてあげたい気持ちも少し湧きます（笑）。

思い出語りはここまでにして、そろそろ作品の話なども……。

えーと、まずは「書き下ろし、すごく難しかった！」、これに尽きます。

　自分の中では一話で完結していた話だったのだなと、続編プロットに取りかかってすぐに気がつきました。主人公・蓮《れん》がネガティブなので、服役した↓更生した↓ハッピー同棲生活！　とは絶対ならないよなあと。今までの生き方への悔いとか、周囲の厳しい目を芯からは受け入れられない劣等感の裏返し的プライドの高さとか、前科持ちである羞恥とか、蓮の性格を考えると短時間での飛躍的な精神的成長は望めないし、逆にそんな話はウソ臭いし、加賀谷《かがや》も口下手で不器用。そんなパートナーと共に蓮が前を向いて生きて行くようになるにはすごく時間がかかるんだろうなあとか……。

　ラストに希望を持たせるための要素をざっと書き出しただけで、かなり重い、亀の歩みのようにじりじりとした話になってしまうことが透けて見え、かといって重いだけの話は書きたくないし、こりゃ参ったなあと頭を抱えながらプロットに挑みました。

　もう暗くなるのは仕方ないにせよ、重い雰囲気ばかりになるのは避けたかったので、クーや万里《まり》など明るさを出してくれる脇キャラを出したり、巻末にお正月ネタの甘めＳＳを入れてみたりと、試行錯誤した記憶があります。

　内容と違って、タイトルの改題はすんなり決まりました。『積木《つみき》の恋《こい》』というアイデアを出したのはわたしなのですが、最初にその案を出したとき、わたしの中では積木＝すぐ崩れるものというイメージがありました。けれど担当さんからのお返事に「一つ一つ積み上げていく感じがいいですね」とあって、目から鱗がパラパラと落下。同じ積木なのに、持っているイメージがわたしと正反対！　面白いなあと思い、もう絶対にタイトルはこれにしようと決めました。一部では蓮がそれまで積んできたものが良くも悪くも崩れていくイメージ。二部ではまたもや崩れそうな危機感の中、それでも一つ一つ、今まで蓮が手に入れられなかったものを根気よく積んでいくイメージ。なので、タイトルは担当さんとの二人三脚といっていいと思います。担当Sさん、どうもありがとうございました。

イラストは朝南《あさなみ》かつみ先生にお願いしました。今の時点ではラフしか見ていないのですが、すでにすごくいいです！　モノクロラフを見せていただいたとき、素敵さのあまり一枚一枚に熱い感想を述べてしまいました。あとで考えて恥ずかしくなったくらい（でもそのくらい素敵だったのです）。カバーイラストのラフも落ち着いた色合いの穏やかさと、まるで絵本のような優しさが漂っていて感激しました。白抜きされた子馬は、本文中のちょっとしたエピソードに着眼して朝南先生が拾い上げてくださったものです。こういう細やかな心遣いは著者からすると感涙ものです。素晴らしいイラストで拙作に華を添えてくださった朝南先生、本当にありがとうございました。

そして各担当さんにも感謝を。続編プロット、初稿から改稿までチェックしてくださった担当Sさん。Sさんから引き継いで面倒を見てくださったNさん、ありがとうございました。今後もよろしくお願いいたします。それと雑誌掲載作を文庫にしたいというお願いに、快く許可をくださった花丸《はなまる》編集部さまにも感謝を。ありがとうございました。

最後に読者のみなさまへ。あとがきまでおつきあいしてくださってありがとうございます。毎回毎回、楽に書ける話など一つとしてないなあと実感しながら亀の歩みで前に進んでます。今回のお話はいかがだったでしょうか。少しでも楽しんでいただければ嬉しいのですが……よろしければ感想などいただければ幸いです。

ではまた、次の本でもお会いできますように。

二〇一一年　八月　凪良ゆう

building blocks love

Presented by
Yuu Nagira

積木の恋

新装版　あとがき

　文庫版あとがきにもあるように、今作は文庫デビューする前に書いたものです。あれから十五年以上経っているのですが、透《とおる》と加賀谷《かがや》の関係の紡ぎ方や距離感の捉え方、物語の芯がきちんと現在の自分につながっていることに良い意味で驚きました。

　ここ数年、わたしの書く環境はずいぶんと変わりました。一番大きな変化は発表の場が広がったことです。ボーイズラブと文芸は明確に区分けされることも多いのですが、書き手としての自分の姿勢は特に変わっていない印象です。今作でも透の意固地な考え方や加賀谷の不器用さに、生きづらいよねえ、しんどいよねえと頷き、そういうふたりが関係を深めていく過程など、表現のつたなさはあるけれど、昔も今も言葉にしづらいしんどさに焦点が当たっていて、それは文芸で発表している作品でもほぼ同じでした。そういえば、悪者がわかりやすく罰されないところまで同じでおもしろかったです（角度を変えて書けば、その人にも事情があって単純な悪役などではないから）。

　細かな枝葉の部分は大きく茂らせつつ、変わらない幹の部分に共感してくださる読者の皆さんに支えられて、この十五年間を歩んでこられたのだなと、今作を読み直して改めて感謝の想いが湧きました。心からありがとうございます。

　そして常に作品に寄り添って伴走してくれる編集者さんたち、イラストレーターの皆さんのお力も本当に大きいです。旧版で挿絵を担当してくださった朝南《あさなみ》かつみ先生の訃報を聞いたとき、個人的な悲しみと共に、作家として『積木の恋』という作品自体がフリーズしたように感じました。作者であるわたし自身ですら触れられないものになってしまったような――それほどの魅力が朝南先生の挿絵にはありました。

けれど今回、黒沢要《くろさわかなめ》先生の手によって『積木の恋』に新たな息吹が吹き込まれました。コミカライズ版『積木の恋』と対になる小説新装版の表紙カバー。並べていただけると季節の移り変わりがわかります。加賀谷と透の関係の変化だけでなく、十五年以上の月日を経て、再び新旧の読者の皆さんに巡り会えた個人的な気持ちも掬い上げてもらえたような喜びを感じています。黒沢先生、ありがとうございました。

新しくこの物語に出会えて、わたしもとても幸せです。

二〇二三年　十二月　凪良ゆう

本書は、小社より刊行した文庫本に短編を加え再編集したものです。

新装版 積木の恋

本書をお買いあげいただき、ありがとうございます。
この作品を読んでのご意見・ご感想をお待ちしております。

■ファンレターの宛先■

〒102-0072　東京都千代田区飯田橋3-3-1
プランタン出版　編集部気付
凪良ゆう先生係 / 黒沢 要先生係

著者――凪良ゆう(なぎら ゆう)
装画――黒沢 要(くろさわ かなめ)
発行――プランタン出版
発売――フランス書院
〒102-0072　東京都千代田区飯田橋3-3-1
電話(営業)03-5226-5744
　　(編集)03-5226-5742
印刷――誠宏印刷
製本――若林製本工場

ISBN978-4-8296-8052-0 C0093
© YUU NAGIRA,KANAME KUROSAWA Printed in Japan.
＊本書のコピー、スキャン、デジタル化等の無断複製は著作権法上での例外を除き禁じられています。本書を代行業者等の第三者に依頼してスキャンやデジタル化することは、たとえ個人や家庭内での利用であっても著作権法上認められておりません。
＊落丁·乱丁本は当社にてお取り替えいたします。
＊定価·発売日はカバーに表示してあります。

男ふたり夜ふかしごはん
凪野道流
OTOKO FUTARI
YOFUKASHI GOHAN
MICHIRU FUSHINO
ill.ひたき
寝る前に読むとお腹が空く！
芦屋の一軒家に暮らす、眼科医の遠峯と後輩で小説家の白石。ポテサラに餃子、プルドポークのホットサンド——夜に読んではいけない禁断のお夜食歳時記。

P8210

●好評発売中!●

お医者さんとお花屋さんのまいにち交換ノート
〈時々パン屋さん〉
椹野道流
Michiru Fushino
ill.黒沢 要
四季を楽しみ、美味しく食べ、
好きな人と笑いあう——これが幸せ。
仲良く暮らすお花屋さんの九条と医師の甫。甫の
部下・深谷と暮らす弟の遥も遊びに来て……。四季を
楽しむ彼らの日常、ちょっと覗いてみませんか？
P8051

●好評発売中!●

Canna Comics

積木の恋

漫画 黒沢要
原作 凪良ゆう

Presented by
Kaname Kurosawa
Yu Nagira

好きだ。
愛してしまってから、
生きることは数段難しくなった。

恋愛詐欺師の蓮が次のカモにと狙ったのは、総合病院の長男である医者の加賀谷。呆気なく騙され蓮に夢中になる彼を、内心馬鹿にしていたが……。

C8692

●好評発売中!●